KB120292

심장이 뛰고 있다면 도전하라

김노진 지음

도서출판 행복에너지

구의원에 당선되어 당선증을 받는 장면

구의원 시절 본회의에서 질의를 하며

구의원 시절 강동구민체육센터 건립기공식에서

강동구의회 개원 4주년 기념

구의원 시절 김중위 의원과 함께

민족통일협의회 간사장 운영위원장으로 사회진행

전국유선방송 사업자
권익추진대회에서 축사하는 장면

서울시의원
당선증 받는 모습

서울특별시의회에서
시정질의하는 모습

서울특별시의회에서 주민의 편의를 위해
개통한 우면산터널 관통장면

서울특별시의회 건설현장답사

서울시 정구연맹 대의원대회

몽골 한국대사관 방문

베트남 해비타트 운동을 가서

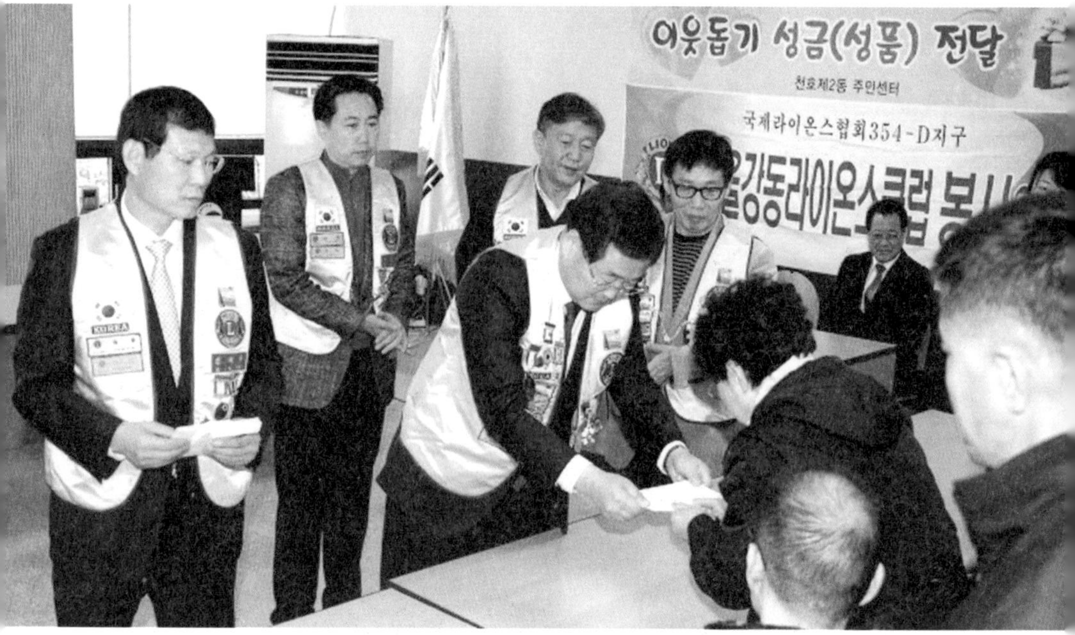

강동 라이온스 클럽에서 봉사활동 – 금일봉을 전달하며

재경 강진중·농고 총동문회

재경 강진읍 향우회

국민동행 창립대회

강진 정약용 다산초당

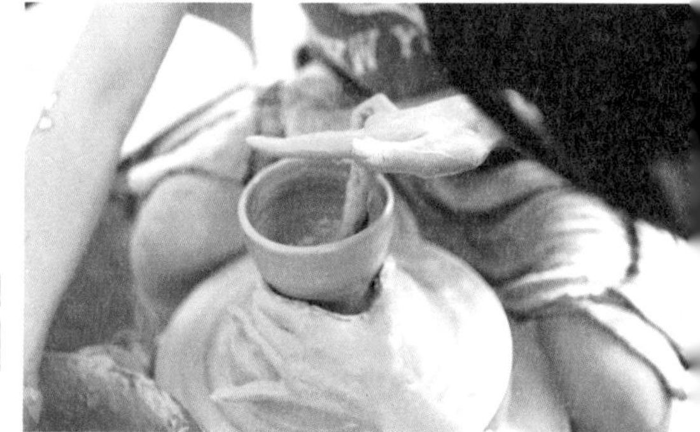

강진청자축제 중요무형 문화제 옹기시연과 청자 만들기 체험

스포츠의 메카 강진에서 동계훈련을 하고 있는 사이클팀과 축구팀 선수들

꿈꾸는 연어

연어의 세계는 바다다. 강에서 태어난 연어는 모두 바다로 나가는 꿈을 꾼다. 그의 세상으로 나가고 싶은 것이다. 그는 바다로 나아가 자신만의 찬란한 꿈을 펼치고 싶다. 그러나 바다로 나가기 위해 연어는 끝없이 도전하는 패기를 가져야 한다. 역경 속에서도 이루어질 꿈을 포기하지 않고 바라보아야 한다. 그렇게 꿈꾸고 도전하는 연어만이 마침내 바다에 도착한다. 험한 바닷속에서 연어는 세상의 광활함과 아름다움, 그리고 삶을 깨달으며 성숙한 바닷물고기가 되어간다.

그렇게 바다에서 온갖 경험을 겪으며 자라난 연어는 어느 날 문득 자신의 고향을 떠올린다. 바다로 나가 성공을 꿈꿨던 그의 마음속에는 언제나 강을 향한 그리움이 존재하고 있었던 것이다. 노스탤지어Nostalgia. 그 그리움의 언어를 연어는 어딘지 모를 깊은 바닷속에서 기억해낸다. 고향으로 돌아가고 말리라. 그의 꿈은 어느새 바뀌어 있다. 연어는 자신의 몸에 흐르고 있는 강의 냄새를 뒤쫓아 다시 강으로 오르기 시작한다.

나는 꿈꾸는 연어였다. 강진이란 작은 세상에서 나는 어린 시절을 보냈다. 그런 어린 시절의 나에겐 언제나 꿈이 있었다. 언젠간 큰 바다로 나가서 큰 세상을 보고 그곳에서 반드시 성공하고 말리라는, 그런 원대한 꿈이었다. 그렇게 나는 성공을 꿈꾸고 바다로 뛰쳐나갔다. 스물여섯의 나이에 단돈 이십만 원을 들고는 무작정 서울로 상경한 것이다.

서울에서의 생활은 힘들었다. 도전의 연속이었고, 그 속에서 때론 혹독한 실패도 겪었다. 그렇지만 포기하지 않았다. 나에겐 마음속 깊이 간직한 꿈이 있었기 때문이었다. '언젠가 반드시 성공하고 말리라.' 그런 열정과 바람이 내 안에서 나를 끊임없이 움직이는 원동력이 되어주었다.

그렇지만 나는 성공을 꿈꾸면서도 마음 한편에 항상 강진에 대한 그리움을 간직하고 있었다. 그때서야 나는 깨달았다. 고향의 냄새를 몸속 깊숙이 간직한 나는 한 마리의 연어와도 같다는 것을. 서울생활을 하면서도 강진을 생각하며 그리움에 밤잠을 뒤척이곤 했다. 성공하기 전까진 강진으로 돌아가지 않으리라 독하게 마음을 먹었지만 그리움에 눈물을 흘린 적이 적지 않았다. 언젠가 강진으로 돌아갈 꿈을 꾸었다.

그렇게 나는 실패를 두려워하지 않고 밤낮으로 성공에 매달린 끝에 결국 유선방송을 대한민국에 처음 정착시킨 한국유선방송 대표라는 선구자가 되어 서울에서 성공을 맛볼 수 있었다. 그리고 이어지는 성공들. 나는 마침내 어엿한 바닷물고기로 성장할 수 있었다.

그러나 내 몸에 있는 강진의 향내는 짠 바닷물에도 결코 지워지지 않았다. 그리고 나는 기억해내었다. 강진, 나는 여전히 강진을 사랑하고 있었다. 나는 그 냄새를 사랑했다.

이 이야기는 돌아옴의 이야기이다. 강진으로 다시 돌아가는 한 마리 연어의 이야기이다. 이제 나는 또 다른 꿈을 꾼다. 이제 바닷물고기가 된 나는 내 고향 강진에 돌아가 강진을 변화시킬 것이다. 그 찬란한 꿈을 이제 시작하려 한다.

이 책을 쓰는 데 큰 도움을 주신 여러 지인들, 그리고 추천사를 써주신 김덕룡 대표님과 한 분 한 분에게 진심으로 감사를 드리고 싶다. 추천사를 더 게재하고 싶었지만 지면 관계상 추천사를 올리지 못한 다른 관계자와 지인 분들에게 미안함과 감사를 올린다. 또 물심양면으로 나를 뒷바라지 해주고 도와준 가족들에게도 감사를 전한다. 마지막으로 책을 출판할 수 있도록 최선을 다해 도와주신 도서출판 행복에너지 권선복 대표님과 직원 일동에게도 감사하다는 말을 하고 싶다.

국민동행 상임공동대표, 15·16·17대 국회의원

한 번 보면 잊지 못할 사람이 있다. 나에게 김노진 회장은 그런 사람이다. 한 번 보았음에도 그 모습이 어찌나 기억에 선명한지 멀리 그와 떨어져 있을 때에도 항상 그의 열정적인 모습과 도전하는 모습이 잊히지 않았다. 그만큼 그의 모습은 인상적이었다.

누구나 그를 보면 잊지 못할 것이다. 시대가 본받아야 할 열정의 표상이 아닌가 조심스레 생각해보기도 한다. 불의를 보면 참지 못하고 언제나 평등과 분배를 외치던 그의 모습은 나의 가슴 속에도 우리 사회의 불공평함을 바라보는 시야를 길러주었고 내 가슴에 평등의 불씨를 지펴 주었다.

그런 그가 새로운 도전을 강진에서 시작한다고 한다. 그의 삶을 열렬히 응원해주고 싶다. 언제나 서민들의 곁에 서있는 그가 다시 한 번 서민들에게 놀라운 기적을 일으켜줄 것임을 난 믿는다. 이 책을 읽는 모든 사람들이 2014년 말의 해를 맞아 항상 건강하고 행복 넘치는 한 해를 보내시길 바란다.

전남 국민동행 공동대표, 전) 서울경찰청장

김노진 회장은 내가 아는 CEO 중 가장 탁월한 경영실력을 갖추고 있는 CEO다. 시대를 앞서나가는 예리한 눈과 직원들을 앞에서 진두지휘하는 그의 모습은 미국의 최고경영자들과 비교해도 큰 손색이 없다고 할 정도다. 김노진 회장은 국내에 최초로 유선방송을 도입할 때부터 벌써 뛰어난 사업적 기질을 가지고 그 두각을 드러내고 있었다. 이후 한국유선방송은 그의 손에 의하여 눈부신 발전을 이루게 된다.

그는 정치적으로도 뛰어난 안목을 가지고 있어서 항상 무엇이 가장 중요한지를 깨닫고 그것을 먼저 파악, 실천할 수 있는 능력이 있었다. 그야말로 대한민국에 없어서는 안 될 귀중한 인재임에 틀림없다.

그런 그가 강진을 일으키기 위해 새로운 도전을 시작한다고 한다. 오래전부터 그의 탁월한 사업적 능력과 정치적 능력을 지켜보았기에 그의 새로운 도전이 분명 강진에서 돌풍을 일으킬 것임을 믿는다! 그의 도전을 응원한다. 그는 강진에서 새로운 바람을 일으킬 태풍의 눈이 될 것이다.

이덕수

농협중앙회 전) 농업경제대표이사

김노진 회장은 어렸을 적 친구들하고 산으로 들로 놀러갈 때면 항상 돌격대장을 도맡아 하던 친구였다. 그랬던 친구가 지금은 시민들을 위한 돌격대장이 되어서 시민들을 위해 최선을 다하고 있는 것을 보면 참 가슴이 뿌듯하다.

얼어붙은 경제 때문에 허리띠를 졸라매고 있는 시민들을 보자면 경제의 허리를 책임지고 있는 농협중앙회의 경제대표이사로서 언제나 더욱 최선을 다하자고 마음먹곤 했었다.

그런 면에서 김노진 회장은 내 든든한 조력자였다. 김노진 회장은 언제나 시민의 뜻을 먼저 생각하며 약자를 먼저 챙길 줄 아는 사람이었다. 경제적으로 풍요로워졌음에도 불구하고 항상 가난한 사람들을 잊지 않고 도와주며 살아갔다. 시의원이 되어서도 그는 언제나 시민들의 방패가 돼주었고 목마른 시민들을 위하여 스스로 마중물이 되어 시민들의 갈증을 해갈해 주었다.

그랬던 그가 다시 고향 강진으로 돌아가서 시민들을 위한 새로운 도전을 시작한다고 하니 그를 힘차게 응원해주고 싶다. 새로운 강진의 희망이 되리라 믿어 의심치 않는다! 언제나 그의 곁에서 그를 도와주며 우리 강진의 발전을 위하여 힘쓰는 데 부족함이 없도록 해줄 것이다.

세한대학교 교수

사람은 항상 도전하면서 살아가야 한다. 도전이 없는 삶. 그것은 의미와 목적이 없는 삶이라고도 할 수 있을 것이다. 그런 의미에서 김노진 회장은 누구보다도 삶을 가장 의미 있고 가치 있게 살아가는 사람이라고 할 수 있다.

언제나 도전하는 사람! 김노진 회장에 대하여 한마디로 요약하라고 하면 바로 '도전'으로 요약할 수 있을 것이다. 대학원에서 공부할 때도 그는 뭐든지 열심히 하는 사람이었다. 언제나 도전 정신이 넘쳤으며 열정이 가득했다. 대학원의 공부를 위해 일주일에 몇 번씩 서울에서 KTX를 타고 전라남도까지 내려오는 모습엔 나도 혀를 내두를 수밖에 없었다. 사업을 겸하고 있었기에 몹시 피곤할 터인데도 그는 기차를 타고 오면서 수업내용을 매일매일 철저히 복습했다고 하니 참으로 그 열정이 대단하였다. 그런 열정이 지금의 그를 만들었지 않나 하는 생각이 든다.

강진에서 제2의 도전을 준비하고 있는 그는 여전히 뜨거운 심장을 가지고 살아가고 있다. 강진에서 또 어떤 새로운 바람을 일으킬지 기대가 된다. 이 책으로 인하여 그의 삶에 다시 한 번 뜨거운 용암 같은 도전의 이야기가 넘쳐흐르기를 기원한다.

초당대학교 교수

꿈꾸는 자는 늙지 않는다는 말이 있다. 바로 김노진 회장님을 두고 한 말일지도 모르겠다. 여전히 꿈꾸고 도전하는 그는 겉모습과는 달리 아직도 20대와 같은 열정을 그 안에 지니고 있다.

한국에서 유선방송을 최초로 시작한 그는 지금도 여전히 선구자적인 모습을 지닌 채 날카로운 눈으로 시대를 꿰뚫어보고 있다. 그가 없었다면 우리나라에 지금과 같은 케이블TV의 시대는 오지 않았을 것이다. 시대에 무엇이 필요한지 먼저 알아보고 유선방송을 한국에 최초로 도입한 그는 온 국민의 즐길 거리인 TV의 즐거움과 유익함을 한 단계 업그레이드시켰다.

그의 도전으로 인해 대한민국이 한층 풍요로워질 수 있었음에 나는 감사하고 싶다. 그리고 지금 새로운 도전을 꿈꾸는 그의 모습을 응원하고 싶다. 앞으로도 대한민국을 발전시킬 귀한 인재로서의 역할을 다해나가길 기대한다!

제19대 강진읍장

의원으로서 항상 주민들을 위해 열심히 일하던 그의 모습이 아직도 잊혀지지가 않는다. 언제나 서민의 편이었던 그는 뜨거운 가슴을 지녔지만, 한편으로 냉철하게 판단할 줄 아는 사람이었다. 그는 한사코 서민의 요구를 마다하지 않았다. 항상 서민을 위하여 일하였고, 서민을 위하여 자신의 몸을 바쳐서 일했다. 90년대에 그가 의원직으로 일했음에도 불구하고 지금도 암사동에 가면 전설처럼 그의 이야기를 들을 수 있다고 하니 놀라운 이야기이다.

시의원에 가서도 그는 여전히 서민을 위하여 일하였다. 광진교를 2년 동안 홀로 투쟁하여 세웠고, 수해현장에 가서 시민들과 아픔을 나누고 물품구호를 직접 전하고 무엇이든 팔 걷고 나서서 도왔다.

그런 그가 다시 강진으로 나아간다고 하니, 다시 강진의 전설이 되리라고 나는 믿어 의심치 않는다. 강진에서 활약할 그의 모습을 기대하며 이 책을 읽는 독자들도 항상 도전하는 삶을 살아가길 바란다.

차례

Part 1 연어, 마침내 바다로 나가다

도전, 그것만이 내 가슴을 뛰게 했다

Part 연어의 심장

2 뜨거운 가슴으로 정치를 안다

Part 바다의 이야기

3 삶 속에서 진리를 배우다

Part 4 강으로 돌아오다 내가 돌아갈 곳, 강진

Part 1

도전, 그것만이 내 가슴을 뛰게 했다

가슴 뛰는 열정의 삶을 살아라.
심장이 뛰는 곳을 향해 돌진하라.

나는 어린 시절을 강진에서 보내었지만 그동안 내 마음 속에는 항상 성공에 대한 야망이 있었다. 나는 기회가 되기만 한다면 언제든지 바다로 나갈 채비를 하고 있었다. 그리고 준비가 되었다고 생각한 나는 마침내 바다로 나갔다. 그리고 바닷물고기가 되어가기 시작했다.

25살. 서울로 올라간 나는 때로는 쓰라린 실패도 겪었지만 포기하지 않고 도전했다. 도전만이 내 삶의 이유였다. 오직 도전만이 내 가슴을 뛰게 했기 때문이었다. 나는 가슴이 뛰는 일만을 하며 살아가고 싶었다. 가슴이 뛰지 않는 삶. 영혼이 없는 삶은 살아가고 싶지 않았다. 그리고 그 뜨거웠던 도전들은 지금 내 안에 아직도 가슴 두근거리는 기억으로 남아 있다.

도전으로 가득했던 내 삶. 그 뜨거웠던 열정의 추억들을 지금 풀어내보려 한다.

– 연어, 마침내 바다로 나가다

무서울 것 없던 시절

정미소 집 골목대장

나는 강진읍 교촌리 신풍부락의 농촌마을 정미소집 칠남매 중 장남으로 태어났다. 김녕김씨 종가집의 장손으로 태어난 터라 어렸을 때부터 부모님은 다른 형제들보다 나를 각별히 여겨 주셨다.

그때만 해도 시골에는 아직 유교적 풍습이 짙게 남아있을 때였다. 동생들은 밥상에서 나보다 숟가락을 일찍 뜨기만 해도 혼이 나곤 했다. 좋은 반찬이 나올 때면 내가 먹고 난 뒤에야 동생들의 젓가락이 오갈 수 있었다. 내가 부모님께 먼저 반찬을 드리려고 해도 부모님은 항상 내게 먼저 반찬을 숟가락에 얹어

주곤 했다. 그만큼 부모님의 나에 대한 기대와 사랑은 높았다. 그 사랑을 한 몸에 받았기 때문이었을까? 나에겐 어렸을 때부터 도전기질과 함께 항상 앞서서 친구들을 이끌려는 모습이 있었던 것 같다. 어린 시절의 나는 온 동네를 시끌벅적하게 만드는 개구쟁이였다. 친구들과 어울려 산을 오르내렸고, 냇가를 이 잡듯 뒤져서 미꾸라지, 송사리를 쉴 새 없이 잡았다. '모험'과 탐험이 나의 주된 일상이었다. 어린 마음에도 항상 모험이란 단어를 들으면 가슴이 떨리곤 했다.

산을 오르내릴 때면 새집을 찾아내어 새알을 훔쳐 먹었고, 각자 편을 짜서는 위아래로 진영을 정한 뒤 새총을 따발총 삼아, 깡통을 수류탄 삼아서 서로의 땅을 빼앗는 전쟁놀이를 수도 없이 벌였다. 이렇게 아이들과 함께 놀이를 할 때면 난 자연스레 대장이 되었다. 모험을 좋아했기에 항상 앞장섰고 새총이 날아와도 두려움 없이 돌격했기 때문이었다.

나는 언제나 윗옷을 벗어 휘두르며 진격을 명령했고, 돌을 맞아도 앞장을 서서 끝까지 전투(?)를 승리로 이끌었다. 그래야만 직성이 풀렸다. 그랬기에 아이들은 항상 나를 대장으로 뽑아주었다. 내가 있는 팀은 이길 확률이 높았기 때문이었다.

산에 오르는 것 말고도 학교를 마치고 집에 돌아올 때면 논두샛길로 다니며 친구들과 치고받고 별별 놀이를 다했다. 여름에는 산보다는 동네에 있는 하마장이라는 냇가를 더 많이 갔다. 시원하기도 하거니와 미꾸라지, 송사리를 잡는 것이 참으로 재밌었다. 학교 종이 울리면 누가 먼저라고 말할 것도 없이 재빨리 냇가에 와서는 서로서로 옷을 훌렁 벗어던진 채 뛰어들었다. 그리고 정신없이 냇가를 훑다 보면 어느새 손에 미꾸라지, 송사리가 잡혀 있었다. 어디 그것뿐인가. 가재를 잡으려고 온 냇가의 바위를 다 들어 옮기곤 했다.

가재, 송사리, 미꾸라지를 잡는 것만으로는 경쟁하기가 부족했던지 고무신을 배로 삼아서 냇가에 띄우고는 누구 것이 앞서는가 하는 경쟁도 많이 했다. 그렇게 정신없이 미역을 감고, 물장구를 치다 보면 금방 허기가 지기 마련이었다. 그래도 배가 고파서 견딜 수 없는 지경까지 물놀이를 하며 놀다가는 젖은 고무신을 신고 찌걱찌걱 발걸음 소리를 내며 집으로 돌아오곤 했다.

그때 생각을 하면 단짝이었던 아이들이 참으로 많이 생각난다. 김보영, 김상동, 노치웅, 문장기, 김충모, 선남규, 영희 등등 생각만 해도 아련한 추억들이 떠오르는 이름들이다. 지금은 어디에 있는지 모르는 이들이 많지만 아직도 몇몇 이들과는 연락을 하며 지내고 있다. 연락을 하다 보면 자연스레 어린 시절의 추억들을 회상하게 된다. "그땐 그랬지" 하면서 서로 개구쟁이로 지냈던 시절을 꺼내며 한바탕 웃곤 하는 것이다.

정구선수 김노진

어린 시절 당시, 우리 동네 사람들은 대부분 빈곤한 삶을 살았다. 당시 농촌은 가난이 일상화되어 있는 곳이었다. 어느 집이든 보릿고개를 겪지 않는 집이 없었다. 다행히 우리 집은 신풍부락과 샛골(원교촌), 점수부락 세 동네를 상대한 정미소를 운영했기에 가을에는 쌀, 여름에는 보리타작을 찧어서 품삯을 받으니 집에 쌀보리가 떨어지지는 않았다. 그러나 그런 우리 집도 가을 추수철과 여름 보리타작이 끝나면 살림살이를 꾸려나가기엔 어려운 형편이었다. 시골농촌의 살림살이란 그런 것이었다.

나는 어렸을 때부터 어려운 가정환경을 보고 자라와서인지 농사가 내키지 않았다. 내가 볼 때 농사라는 것은 아무리 열심히 하여도 가난을 짊어지고 살아야만 하는 것이었다. 다들 열심히 일하고 살았지만 농촌이라는 이유만으로 못살고 헐벗은 이들이 많았다. 농사를 지어도 나아지지 않는 우리 집을 보면서 나는 절대로 농사꾼은 하지 않겠다고 결심했다.

그런 마음을 먹은 채 나는 초등학교를 졸업하고 나서 도심유학을 갈 수 있지 않을까 하는 기대를 품기 시작하였다. 당시에는 동네에 중학교가 있었지만 몇몇 부유한 집 아이들은 대도시였던 광주의 중학교를 다니는 것이 유행이었다. 그것을 그때에는 도심유학이라고 불렀다.

나에겐 '비록 우리 집이 부농은 아니지만 정미소집 자식으로 도심유학을 갈 수 있지 않을까' 하는 기대가 있었다. 광주에 있는 중학교를 다니기만 한다면 공부를 열심히 하여 반드시 성공할 자신이 있었다. 그러나 그 꿈은 결국 이뤄지지 못했다. 광주 유학을 보내기에는 사정이 여의치 않았던 것이었다. 아쉬운 마음은 뒤로 두고 중학교 때에도 나는 계속 학업에 열중하였다. 마음속에는 고등학교는 꼭 유학을 가리라는 야망이 있었다. 그러나 그런 나의 바람과는 달리 나는 고등학교마저도 동네에 있는 강진 농업고등학교를 다니게 되었다.

처음에는 그것이 너무나 아쉬웠다. 타오르는 야망을 이제 어디에서도 풀 수 없게 돼버린 것만 같았다. 그렇게 상심한 마음에 처음에는 이리저리 친구들과 놀러 다녔다. 하지만 나는 금방 다시 미련을 털어내고는 마음을 다잡고 일어섰다. 이대로 포기할 수는 없다는 생각 때문이었다. 무엇이 나를 그러한 열망으로 이끌었는지는 모르겠지만 어린 마음에도 나는 꼭 성공을 하고 싶다는 열망이 있었다.

나는 운동에 집중하기 시작했다. 나는 어릴 때부터 운동을 좋아했다. 몸이 건강하기도 했고, 남들보다 운동을 할 때 무언가를 쉽게 터득했고 짧은 시간 안에 무엇이든 능숙하게 다루는 법을 알았다.

그래서 나는 정구를 시작했다. 중학교 때 평동에서 청용관 도장을 다니며 태권도를 한 적이 있었지만 본격적으로 운동을 시작한 것은 이번이 처음이었다. 나는 재빨랐고 체력도 좋았기에 금방 실력이 늘기 시작했다. 정구를 시작한 지 얼마 안 되어 난 강진군의 대표선수로 선발되고 수많은 상을 타면서 남다른 기량과 재질을 발휘했다. 학교나 마을에서는 나를 두고 '정구선수 김노진'이라 말했다.

그때 정구를 한 것이 나에게 큰 자신감을 불어넣어 주었다. 무엇이든 열심히 하기만 한다면 성공을 할 수 있다는 것을 정구를 통해서 깨달은 것이다. 지금 생각하면 그때 광주로 유학을 갔던 것보다 강진농고에서 정구를 하면서 내 인생이 더 좋아지지 않았나 하는 생각이 든다. 당시는 아쉬웠지만 정구로 인해 기르게 된 운동습관은 평생 나의 건강을 지켜주었고, 무엇보다도 강진농고를 다니며 난 강진에 대한 추억을 더 많이 쌓을 수 있었다. 그때 정구를 했던 시간이 없었더라면 강진에 대하여 지금처럼 애향심을 갖진 못했을 것이다.

나는 정구로 인해 학교생활도 열심히 했고 성실함을 인정받아서 실습장학생으로 선발되었다. 실습장학생은 지금의 근로장학생과 비슷한 제도로서 교무실 일을 도와주며 학비를 내지 않고 학교를 다니는 것이다. 그렇게 나는 노는 시간 없이 열심히 학교를 다녔다. 다른 사람들과 같이 학교수업을 듣고 쉬는 시간

강진농고 2년 향교에서

강진농고 뒷산에서

과 남는 시간에 교무실 일을 도와드리며, 학교 수업이 끝나고 난 이후에는 정구를 했으니 아마 나처럼 학교를 열심히 다닌 사람도 없었을 것이다.

많은 동네 사람들은 내가 유명한 정구선수가 될 것이라고 생각했다. 나는 비록 정구선수는 되지 않았지만 고등학교 때 정구를 했던 인연으로 지금은 대한체육회에 속해 있는 서울시정구연맹의 회장을 거쳐 대한정구협회의 부회장으로 열심히 활동하고 있다. 현재는 대한정구협회의 차기회장으로 주목받고 있는 중이다.

정구는 내 어렸을 때만 해도 굉장한 인기를 가진 운동이었다.

그 당시엔 테니스가 제대로 보급되지 않았기도 했고, 당시 아이들은 모두 지금처럼 키가 크지 않았기에 정구가 공도 부드럽고 라켓도 가벼워 동양인들의 체구에 맞기도 하였다.

무엇보다 가장 중요한 정구의 인기요인은 일본에서 시작된 정구 게임이었지만 우리나라가 정구를 훨씬 더 잘했다는 데 있었다. 우리나라는 정구 국제대회 및 일본 내에서 열리는 메이지 신궁대회에서 10년 연속 우승하는 등, 각종 정구 대회에서 우승을 휩쓸었다. 일제 강점기의 암울한 시대에도 일본을 정구로 압도하였기에 정구는 우리 민족의 역량을 드높인 범국민적 사랑을 받는 스포츠가 될 수밖에 없었다.

현재 정구는 테니스의 전 세계적인 보급 및 올림픽 경기종목에 대한 집중적인 육성으로 인하여 예전의 위상과는 달리 조금 침체된 면이 없지 않다. 그러나 아직도 많은 팀과 동호회에 의하여 정구는 꾸준히 발전하고 있으며 나또한 예전에 정구가 가졌던 위상을 되찾기 위하여 정구에 관한 많은 모임을 열려고 노력하고 있다.

잊지 못할 사람들

정구선수로 활동하던 고등학교 시절에 서로의 장래에 대한 고민과 속마음까지, 모든 것을 허울 없이 터놓고 나눌 수 있는 친구들이 있었다. 바로 백영종, 양현호다. 항상 매사에 긍정적이며 학교생활도 모범적으로 하는 아이들이었다.

두 친구는 모두 놀기도 잘했지만 공부도 열심히 하는 학구파이기도 했다. 나는 이들의 침착하고 부드러운 성격을 좋아했다. 지금 생각하면 이 친구들은 침착한 자신들의 성격과는 달리 열정적이며 추진력이 있고 운동을 잘했던 나였기에 좋아하지 않았나 하는 생각이 든다.

우리는 고등학교 때 하루라도 떨어져 있지 않을 정도로 항상 붙어 다니곤 했다. 지금은 서로 바빠 얼굴도 못 보고 지내지만, 그래도 간간히 연락을 하고 있다. 영종이는 강진군청에 고위급 관리로 고향 지킴이가 되었고 현호는 여수고등학교에서 후학을 가르치는 교육자의 길을 걷고 있다.

또 정구를 같이했던 사람들이 기억난다. 내 고등학교의 모든 삶은 다 정구를 중심으로 흘러가고 있었다. 그랬기에 정구를 같이하며 땀을 흘린 선배와 후배, 또 선생님들은 각별히 내 맘에 남아 있다. 안종실, 안종국 선배님, 이경택, 김선복, 원영휴 후배들과 함께 수업 시간이 끝나면 세무서 정구장으로 갔던 기억이 난다. 그때는 후배들을 양성하기 위해 때론 소리도 치며, 으름장도 놓으며 후배들을 열심히 가르쳤넌 것 같다.

정구를 같이했던 성요셉 여자고등학교의 동기들도 생각난다. 차경자, 김연자, 장순희, 박삼초, 이상순 등등 수업이 끝나고 나면 후배들과 함께 재빨리 정구장으로 뛰어가곤 했다. 정구를 치고 쉬는 시간이 되면 여자 동기들과 함께 이야기를 나눌 수 있었기 때문이었다.

고홍채, 박화춘, 윤옥현 선생님은 내게 정구를 가르쳐준 정구 스승들이다. 특히 고홍채 선생님은 성격이 참 시원 털털하고 삼촌 같았기에 내게 있어서 형님 같은 선생님이셨다. 고등학교 선배이기도 한 고홍채 선생님은 운동장에서 점심시간이면 나와 함께 정구를 하였고 방과 후에도 항상 나와 함께 정구를 하셨다.

그러면서 내 어깨를 잡고는 훌륭한 정구선수가 되어야 한다고 항상 말씀하시곤 했다. 또 훌륭한 정구선수가 되면 지역사회를 위하여 사회봉사를 하는 사람이 되어야 함을 강조하셨다. 농고에서 원예작물을 가르치던 선생님이었는데도 지금 생각하면 상당히 의식이 트여 있던 분이셨다.

선생님의 바람대로 내가 정구선수가 된 것은 아니지만 나는 지금, 선생님의 또 다른 말씀대로 사회봉사를 하며 살아가고 있다. 서울에서 라이온스 클럽으로 봉사활동도 하며 내 고향 강진에서도 강진의 발전을 위해 봉사활동을 하고 있다. 생각해 보면 선생님이 내게 신신당부하며 가르쳐준 봉사정신이 남아 있었기에 내가 지역봉사를 하며 살 수 있었던 것 같다. 그렇기에 선생님의 말을 생각하면 참 가슴이 찡하다.

지금도 강진에 내려가면 난 가끔 고홍채 선생님을 뵙곤 한다. 머리가 새하얗게 새고 주름이 늘었지만 여전히 예전의 모습을 간직하고 계시다. 선생님은 나를 보시면 항상 "정구선수가 될 줄 알았는데 정치가와 사업가로 아주 놀라운 변신을 했다."며 반겨준다.

그 외에도 또 다른 정구 스승이셨던 이선웅 할아버지와 김영배 원장님, 시간이 날 때면 정구를 같이 하며 친해졌던 이종택 선생님, 항상 정구 맞상대로 연습 경기를 뛰어주었던 이관희, 서경창, 박광운 선배 등이 기억난다.

생각하면 모두 그리운 이름들이다. 나와 어린 시절을 함께했던 그들 중 몇몇은 서울이나 타향으로 떠나갔지만 대부분 강진에서 자신들의 역할을 맡아 고향을 지키는 데에 최선을 다해 힘쓰고 있다. 나 또한 그들과 간간이 연락을 하며 함께 강진의 발전을 논하고 있다.

나의 추억 한 자락

불의를 보면 못 참아

고등학교를 졸업한 나는 집안일을 돕다가 군대에 들어갔다. 그런데 군대에 들어가 보니 나는 타고난 군대 체질이었다. 훈련소에 들어간 나는 운동 능력이나 순발력이 뛰어나서인지 무슨 훈련을 받더라도 제일 먼저 그 훈련을 통과하곤 했다.

또한 시원시원하고 추진력이 강한 남자다운 성격 덕에 훈련소의 신병들과도 금방 친해져 어울릴 수 있었다. 덕분에 난 동기 회장을 뽑는 자리에서 동기들의 열화와 같은 추천으로 회장직을 맡게 되었다. 동기 회장은 훈련병과 중대장, 소대장 사이에서 다리가 되어주는 교량 역할을 해야 하는데 내 성격상 그

일에 어려움이란 없었다.

군대에서의 모습

그렇게 무사히 훈련병 생활을 마친 나는 후반기 4주 교육까지 마치고 나서 부산 군수기지 사령부에 서무병으로 배치를 받았다. 서무병으로 난 참 재미있게 군생활을 했던 것 같다. 서무병은 지금으로 말하면 행정병이라 할 수 있다. 그 당시 서무병은 가장 힘이 있던 보직이었다.

1년에 한 번 들어가는 유격의 순서를 내가 짰기에 사람들은 내게 와서 제발 유격 순서를 바꿔달라며, 이번에 안 하면 안 되겠냐고 부탁을 하곤 했다. 또 내가 중대의 모든 휴가, 외박, 외출까지도 관리하고 있었기에 선임들도 내게 와서는 휴가를 내달라며 간절한 목소리로 부탁을 하곤 했다.

그러나 내가 군생활을 편하게 한 것만은 아니다. 나 혼자 그 모든 휴가 일정과 교육 일정, 훈련 일정을 조정해야 했기에 남들이 취침하고 있을 때에도 나는 밤새 행정 업무를 봐야 할 때도 적지 않았다.

한번은 이런 일이 있었다. 이수영이라는 일병이 있었는데 몸이 약하고 여성적인 친구였다. 학구파였던 그 친구는 정말 공부밖에 할 줄 모르는 것 같았다. 고참들이 뭐라고 해도 아무 말도 없이 당하기만 하는 온순한 친구여서 고참의 밥이나 다름없이 항상 괴롭힘을 당하거나 기합을 받곤 했다.

고참들은 시간이 가면 갈수록 이유 없이 이수영 일병에게 분풀이를 하거나 심한 장난질을 하곤 했다. 나는 그것을 보고 있다가 도저히 참지 못하여 고참들에게까지 소리를 질렀다. 약하다고 해서 자꾸 괴롭히면 되냐고. 그 친구를 감싸며 항변하다가 고참들과 언성이 높아지게 되었고 결국 중대 전체가 기합을 받게 되었다.

나는 지금도 그렇지만 그 당시에도 불의를 보면 참지 못하는 성격이었다. 고참들에게 그 친구를 감싸줬다는 이유로 나 또한 심한 괴롭힘을 당했지만 난 꿋꿋이 "이것이 아니다."라고 따지며 전역할 때까지 도전을 하였다. 결국 그것이 문제가 되어 중대장과 함께 면담을 한 적도 있었다. "똑바르고 정직하게 살려고 노력하는 건 좋지만 여기는 군대이지 않느냐. 군대의 규칙에 따라야 하는 경우도 있는 법."이라며 중대장은 나를 좋게 타일렀다. 그런 나에게 이수영 일병은 몰래 와서는 고맙다고 연신 인사를 하곤 했다. 지금 생각하면 군생활의 재밌는 추억이다.

군생활을 하며 좋았던 것은 인자한 중대장 분들을 많이 만났다는 것이었다. 군생활 동안 나는 지금도 만나고 있는 조선재 중대장을 만났다. 카리스마가 대단한 분이었다. 육군 중령으로 예편했지만 사업적으로 크게 성공을 한 분이라 아직까지도 교제를 나누고 있다.

또한 나에게 너무나도 잘해주셨던 송병무 중대장이 있었다. 항상 내게 필요한 것은 없는지 물어봐주며 물건을 챙겨주시거나 먼저 말을 걸어주시곤 했던 따뜻한 분이셨다. 그러나 전역 후 찾아뵈려고 했던 송병무 중대장님은 그만 인천 화약폭발사고로 인해 돌아가시고 말았다. 나는 사모님을 만나 심심한 위로를 전해드릴 수밖에 없었다.

지금 생각하면 젊은 피가 끓는 군 시절이었다. 조국애, 동포애, 동기애로 똘똘 뭉쳤던 그 순수했던 시절을 떠올리며 난 가끔 미소를 짓는다.

나의 아버지

아버지는 유교적 풍습과 가치관이 몸에 밴 분이셨다. 문맹자가 많던 일제 강점기 시대에 한학을 하시고, 신학문 또한 독학으로 주경야독하여 많은 지식을 쌓으셨다.

또한 아버지는 의리와 가족애, 희생정신을 타고난 분이셨다. 2차대전 말기 작은 아버지가 징용에 차출되자, 아버지는 동생을 대신하여 징집을 자원하였다. 동생의 목숨과 자신의 목숨을 맞바꿀 각오를 하셨다고 해도 과언이 아니다. 동생이 모진 고생을 겪을 것과 생사의 갈림길에 설 것을 염려한 결정이었다. 살아온다는 보장도 없는 전쟁터에 아버지는 가족들을 잘 부탁한다며 동생의 어깨를 두드리고는 묵묵히 나가셨다.

아버지는 이때부터 짐짝처럼 배에 실려 일본 오사카 근처에 도착을 해서는 같은 마을에서 끌려온 박갑술 씨와 함께 상상하기조차 어려운 노예 생활을 하셨다. 그러나 아버지는 죽지 않고 꼭 살아서 고국으로 돌아가리라는 강한 의지로 지옥 같은 나날들을 이겨냈다고 한다.

해방이 되자 구사일생으로 고향에 돌아온 아버지는 할아버지로부터 농토 몇 마지기를 물려받았다. 그리고 아버지는 그것만으로 부모님을 모시고 동생들을 출가시키기 위하여 모든 과정을 혼자 힘으로 다 해결해내었다.

그렇게 고생을 하시다 어머니를 만나 결혼을 한 아버지는 본격적인 가장의 일을 맡았고 농사와 정미소 경영에 집중했다. 그때 아버지는 어머니와 올린 그 결혼식 날을 잊을 수가 없다고 한다. 동생을 대신하여 징용을 갔다가 살아 돌아온 의좋은 청년

부모님 고희연 때 모습

의 용기를 모든 마을 사람들이 다 기억하고 대견히 여겨 주었기 때문이다. 그날 동네 모든 어른들이 모여 마을이 생긴 이래로 가장 성대하고 화려한 잔치를 벌였다고 한다.

아버지는 의리가 있으신 만큼 심지가 굳은 사람이었고 과묵했지만 추진력이 있으신 분이었다. 그런 아버지의 사업가적 기질을 이어받았기에 나 또한 어쩌면 이렇게 열심히 사업에 도전할 수 있지 않았나 하는 생각이 든다. 아버지는 농촌에서 태어난 종가집의 장손으로서 짊어져야 하는 책임감 때문에 농사일을 하셨던 것뿐, 아마 도시로 진출할 수 있는 환경이 됐다면 굴지의 경영인으로 크게 성공하셨을 것이다.

또 아버지는 가족을 사랑할 줄 아시는 따뜻한 분이기도 했다.

부모님 고희연 때 아버님을 업고

내가 고등학교 2학년 때 친구와 싸워 치료비를 물어줘야 한 적이 있었다. 그러나 가난한 집안 형편에 그럴 돈이 있을 리 만무하였다. 결국 아버지는 집안의 소를 팔아 내가 사고 친 것을 해결하셨다. 그 시절 농가는 소가 전 재산이고, 집안의 금덩이나 마찬가지였다. 그런데 아버지는 한껏 울화가 치미셨을 텐데도 화를 내거나 소를 아까워하지 않으셨다. 그저 “사내는 그러면서 크는 거다. 사내라면 다 있을 수도 있는 일이지.” 하시고는 어깨를 두드려주었다.

그런 아버지는 내게 또 한 분의 스승이었다. 사회인이 되어서 답답한 일이 생길 때면 나는 아버지를 찾아가 마음속의 고민을 털어놓았다. 신기하게도 그렇게 아버지 앞에 앉아서 이야기를

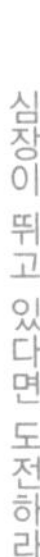

나누다 보면 어느덧 가슴속의 화가 가라앉고, 고달픔도 봄눈 녹듯이 녹아버리곤 했다.

자리를 잡은 내가 서울로 아버지를 모셨을 때 일이다. 연로하신 부모가 자식에게 생활비 받는 것은 당연지사임에도 불구하고, 아버지는 도저히 내게서 생활비 받기를 부담스러워 하셨다. 평생을 노동으로 가족들과 친척들에게 퍼주기만 하며 살아온 것이 몸에 배어 있어서였으리라. 결국 나는 직원들 월급날에 맞춰서 아버님 통장에 돈을 넣어드리곤 했다. 그럴 때면 아버지는 당연한 도리를 했을 뿐인데도 나를 보면 항상 "고맙다. 고맙다."고 연신 말하셨다. 그 말을 들을 때면 괜히 나는 아버님께 죄송하기까지 했다.

내가 선거에 출마했을 때 아버지는 각 동네 노인정을 일일이 찾아다니시며 나를 도우시고 계셨다. 그런데 나는 그것을 꿈에도 몰랐다. 소리 소문 없이 내가 밖으로 나갔을 때에만 일을 치르고(?) 돌아오셨기 때문이었다.

그런 아버지는 76세를 일기로 세상을 떠나시고 말았다. 폐암을 발견하고 입원을 하셨지만 말기라 손을 댈 수 없다는 의사의 진단이 나온 것이다. 그래도 어떻게든 치료를 해보려고 병원에 아버지를 입원시켜드렸지만 아버지는 자꾸 퇴원하여 집으로 가기를 바라셨다.

당신의 생이 다 되었다는 것을 직감하셨는지 병원에서 숨을 거두기 싫다는 것이었다. 어쩔 수 없이 아버지를 집으로 모셔드렸다. 아버지는 내게 마지막 유언으로 고향 강진에 자신을 묻어달라고 말씀하셨다. 서울에 와서 좋은 생활을 하셨지만 당신이 잠들 곳은 강진이라고 생각하신 것 같다.

나는 지금도 아버지를 생각하면 가슴이 짠하다. 아직도 아버지와 일대일로 마주 앉아서 술잔을 기울여가며 허심탄회하게 이야기를 나누고 싶은 마음이 가득하다. 그 날이 오기 전까지, 최선을 다해 살며 아버지가 내게 보여주셨던 멋진 인생만큼이나 부끄럽지 않게 살고 싶다.

나의 어머니

어머니는 현모양처였다. 말수가 적고 점잖은 새색시라고 동네 어르신들의 칭찬이 자자했다. 평소에도 말수가 없으신 편이어서 수다를 떨거나, 남에 대한 험담을 하시는 것을 결코 본 적이 없다고 한다. 어머니는 장손며느리로서 시어머니를 모시고 살았는데 항상 시어머니의 까다로운 입맛을 맞추고 시중을 들며 지극 정성으로 모셨다.

얼마나 열성적으로 시어머니를 모셨는지 아버지의 병환 때문에 아버지와 함께 서울로 올라오셨음에도 어머니는 시간만 나면 할머니를 모시기 위해 자주 강진에 할머니를 보러 가시곤 하셨다. 할머니는 100세를 두 달 앞둔 99세 10개월을 끝으로 하늘나라로 가셨다. 그 이후 어머니는 할머니의 기일을 며칠 전부터 준비하여 정성으로 모시곤 하였다.

어렸을 적에도 어머니는 항상 내가 무언가 잘못을 하여도 조용조용히 불러서 타이르는 분이셨다. 결코 소리를 지르는 법이 없었다. 그것은 아버지에게도 마찬가지였다. 아버지는 약주를 하시면 가끔 어머니에게 큰소리를 내곤 하셨는데 그때에도 어머니는 아버지의 이야기를 묵묵히 듣기만 하실 뿐이었다. 그렇게 아버지가 이야기를 하시다 주무시면 어머니는 아버지의 이불을 덮어 드리고는 아침에 시원한 된장국을 끓여 아버지의 속을 풀어드렸다. 그리고 아무 일도 없었다는 듯 집안일을 하셨다.

그런 어머니 덕에 난 나의 불같고 호랑이 같던 성격을 많이 죽일 수 있었던 것 같다. 운동을 잘하다 보니 고등학교 때 가끔 친구들과 싸우고 사고를 치고 온 적이 있었다. 그러나 그럴 때도 어머니는 말없이 나를 보듬어주셨다. 그것이 어린 내 마음에도 나를 믿어 준다는 기쁨에 감격이 되어서 더욱더 조심해야겠다는 생각을 하게 된 것 같다. 아버지의 추진력과 어머니의 조용하지만 묵묵히 할 것을 다하는 성격 덕에 난 추진력 있으면서도 차분하고 결단력 있는 성격이 된 것 같다.

어머니는 당신의 자식들 칠 남매 때문에 자식들을 돌보는 데 평생을 쓰셔야 했다. 그렇게 평생을 자식들을 키우는 데 쓰신 어머니는 83세의 일기에 갑작스런 뇌출혈로 그만 하늘나라로 떠나고 말았다. 청천벽력 같은 소식이었다. 나는 아버지가 모셔져 있는 신풍리에 어머니를 같이 모셔드리려고 했으나 한 사람의 반대로 말미암아 어머니를 강진 칠량 공원묘지에 따로 모시게 되었다. 그러나 살아생전에 잉꼬부부나 다름없었던 우리 아버지, 어머니가 따로 모셔져 있는 것은 참 가슴 아픈 일이다. 나는 언젠가 우리 아버지, 어머니를 반드시 합장하여 드리고 싶다.

어머니와 함께

도전의 시작

단돈 이십만 원

75년 12월 6일, 군생활을 무사히 마치고 집으로 돌아왔다. 누나는 결혼하여 서울에 살고 있었고, 동생들은 많지 않은 농사일과 정미소 일을 맡아 하며 각자 할 일을 열심히 하고 있었다. 다섯째 동생 계율이는 일제 강점기 도편수를 지낸 훌륭한 건축목수를 스승으로 모시고 기술을 배우는 목공의 길을 가고 있었다. 이미 상당한 기술자로서 한몫을 담당하고 있었다. 막내 여동생은 아직 단발머리 여중생이었을 때다.

동생들이 저마다 할 일을 열심히 하고 있는 것을 보면서 나는 이제 장손으로서 내가 가족들을 책임져야 한다는 책임감을 느꼈다. 그러나 그것이 두렵지는 않았다. 그 당시에는 몸도 운동으로 인하여 정말 건강했고 군대생활 덕에 정신력도 매우 강해진 상태였다.

또 나에겐 타고난 도전의식과 피끓는 혈기가 있었다. 나는 집안의 장손으로서 성공해야겠다는 야망을 품기 시작했다. 성공에 대한 열망은 타고난 나의 운명이었다. 공부를 하여 성공해야겠다는 야망이 중학교와 고등학교 때 꺾이고 정구로 대체되었던 시기가 지나가자, 다시금 무섭게 타오르기 시작했다.

나는 서울로 가기로 결심하였다. 사방 어디를 둘러보아도 논과 밭밖에 보이지 않는 곳에서는 성공을 할 수 없으리란 생각 때문이었다. 농촌 마을은 언제나 가난했고 난 그 가난이 싫었다. 나는 반드시 성공하리라 독하게 마음을 먹고서 서울로 가기 위해 계획을 짜기 시작했다.

그러나 돈이 없었다. 서울로 상경하여 자리를 잡을 때까지 생활금이 필요했다. 나는 우선 열심히 정미소 일을 돕기로 맘을 먹었다. 정미소 일을 도와서 돈을 마련해야겠다는 생각이었다. 내가 전역한 겨울이 지나서 봄이 오고, 봄이 지나자 온 들판이 누런 보리로 황금물결을 이루었다. 이때부터 우리 집은 정신없이 바빴다.

5마력짜리 발동기로 일꾼 두세 명을 데리고 집집마다 찾아다니며 보리타작을 했는데 워낙 부르는 곳이 많아서 주야가 없이 일을 했다. 또한 이 집 저 집으로 발동기를 옮겨야 했는데 리어카도 들어갈 수 없는 논밭에 발동기를 옮겨야 할 때도 있었다. 그럴 때면 200kg이나 되는 발동기를 지게에 지고 날라야만 했는데 나는 그 무거운 것을 젊은 혈기로 나 혼자서 지게에 지고 옮기곤 했다. 지금 생각하면 그걸 어떻게 옮겼는지 나조차도 신기하다. 태권도와 정구선수로서 바탕 된 체력과 근력이 아니었다면 할 수 없었을 것이다.

그렇게 아랫동네 점수동과 뒷동네 샛골 그리고 신풍리, 세 개 부락의 보리타작을 모두 마치고 나면 삯으로 받은 보리가 온 집안과 정미소에 가득했다. 그렇게 받은 보리를 덕석에 널어 햇볕에 잘 말린 후, 풍로로 쳐서 가마니에 담았다.

보리는 까스락이 많아서 쌀보다 훨씬 손이 많이 가는 작물이었다. 가마니에 보리를 담고 나면 얼추 백 가마니 정도가 되곤 했는데 백 가마니면 백오십만 원 정도를 받았다. 그 당시 서울의 집 한 채가 삼백만 원 정도니 적은 돈이 아니었다.

나는 돈을 가슴에 품고는 수많은 생각을 했다. '얼마를 가져가야만 가족들이 먹고살 만큼의 돈을 남기고 나 또한 서울생활을 무리 없이 해나갈 수 있을까' 몇 번이나 돈을 꺼내보고 넣어

두고를 계속하다가 꼬박 날밤을 새었다. 그러다가 결국 다음 날 아침 아버지께 돈을 드리며, 내일 서울로 올라가려하니 이십만 원을 달라고 부탁드렸다.

애초부터 나를 믿고 있었고, 또 성공에 대한 나의 열망을 알고 있었던 아버지는 묵묵히 돈을 내주었다. 그렇게 해서 나는 단돈 이십만 원을 들고 강진 내 고향을 떠나 제2의 고향인 서울로 올라오게 되었다.

한국일보 1위

1976년. 전라도 강진에서 무작정 서울로 올라온 나는 강동구 암사동에서 새 생활을 시작했다. 운 좋게도 빠르게 직장을 얻을 수 있었다. 내가 일하게 된 곳은 종로구 중학동의 한국일보였다. 직장을 중심으로 집을 얻어야 했으나, 사대문 안에는 월세나 전세 값이 상상을 초월하여서 집을 얻을 생각조차 할 수가 없었다.

버스를 타고 왕십리쯤 와서 집세를 알아보니 보증금 삼십만 원에 월세가 십만 원 정도였다. 화양리쯤 와서 물어보니 이십만 원에 오만 원이었다. 더 싼 집과 방을 찾아 잠실을 지나 천호동에 도착했다. 그러나 그곳 또한 여의치가 않았다.

천호동은 당시 조그마한 시골 읍내 같은 곳이었다. 서울이라고는 하나 개발도 되어 있지 않던 당시의 천호동은 정말 시골 동네나 다름없었다. 그런데 그런 곳에서도 방세를 비싸게 부르니 서울 인심이 너무 야박하게 느껴졌다.

나는 그곳에서 조금 더 버스를 타고 암사동까지 들어갔다. 암사동에 와서 방세를 알아보니 삼만 원 보증금에 월 칠천 원의 방이 있었다. 방을 보니 그래도 깔끔했고 살기에 적당할 듯하여 부엌이 딸린 방 한 칸을 얻어 서울생활을 시작했다. 암사동은 내게 서울 생활에서의 희망과 삶의 용기를 안겨준 인심 좋고 아늑한 보금자리였다.

나는 내 아내와 함께 이곳 암사동에서 신혼살림을 차렸다. 가난하기는 하였으나 하루하루를 열심히 살았기에 가난하다는 것을 당시엔 잘 느끼진 못하였다. 그땐 오직 성공해야겠다는 열망뿐이었다. 몸이 좋았기에 피곤한 줄도 모르고 정말 열심히 일하며 살았던 것 같다. 비록 월급 몇 푼으로 시작한 신혼살림이라 항상 쪼들리고 어려웠지만 차츰차츰 생활은 나아지기 시작했다.

나는 한국일보에서 처음에는 출판사업부에서 일하였다. 그러나 봉급만으로는 만족치 못하고 영업부서로 옮겨달라고 말해서 스스로 영업부서로 옮겨가게 되었다. 영업이란 것이 지금도 그렇듯, 누구나 꺼려하는 부서였다. 잘하면 높은 월급을 받을 수 있었지만 영업을 잘하지 못하면 출판사업부보다도 낮은 월급은 물론, 그와 더불어 눈총까지 받아야 했다. 나는 그러나 젊은 혈기만으로 도전을 했다.

나는 한국일보 본사에서 서점이나 회사에 신문과 잡지, 서적을 판매·관리하는 사업부 영업사원들의 교육을 맡아 일하기 시작했다. 어떻게 하면 영업사원들이 효과적으로 신문과 잡지를 팔 수 있는지 교육하는 것이었다. 처음에는 감이 잘 안 잡혔지만 기본적인 개념이 잡히고 나자, 그때부터 나는 그 어느 누구보다도 탁월한 교육수완을 발휘하기 시작했다.

내 교육을 받은 영업사원들은 날이 갈수록 신문과 잡지를 잘 팔기 시작했고, 그로 인해 회사에는 정기적인 구독자가 꾸준히 늘어나게 되었다. 나는 얼마 지나지 않아 우리 영업팀의 매출을 다른 팀과 비교해 무려 2배가 넘게 끌어올렸다. 그로 인해 인센티브를 받았는데 인센티브가 내 봉급보다 많을 때가 잦았다.

그렇게 나는 한국일보 본사에서 1위의 실적을 올리게 되었다. 그것도 한번만 한 것이 아니라 나는 한국일보에 있는 5년 동안 세 번 연매출 1위의 성적을 올리게 되었다. 아무것도 모르는 농촌 무지렁이 같은 청년이 서울에 올라와서 직장을 잡고 드디어 성공한 것이었다.

나의 성공으로 말미암아 우리 가족은 서울에 상경해온 이듬해, 9평짜리 암사시영아파트로 이사를 갈 수 있게 되었다. 아파트로 이사 가기 전, 우리는 정말 너무나 고마웠다며 집주인이었던 윤병기 씨께 감사인사를 드렸다.

지금도 나는 그 어려웠던 시절, 우리 가족을 받아준 윤병기 씨와 그 어머니, 또 집주인은 아니었지만 친절하게 대해주었던 조석만 씨와 그 어머니께 정말 고맙고 감사하다는 말을 다시 한 번 전하고 싶다. 어렵고 가난한 신혼가족이었음에도 불구하고 그분들은 우리 가족을 항상 따뜻하게 대해주셨다.

새로 생긴 9평짜리 암사시영아파트도 여전히 우리 가족이 함께 살기에는 참 좁았지만, 그래도 오순도순 세 식구가 한 방에 붙어 지내며 단란한 가족생활과 함께 행복한 나날을 그곳에서 보냈다. 부족한 듯한 생활 속에 조금씩 늘어가는 살림, 더 큰 아파트로 이사 가기 위한 희망을 가지고 살아가는 것이 참으로 사는 재미가 있었다. 오직 성공해야겠다는 열망 하나로 도전한 끝에 이룬 성공이 남부럽지 않을 때였다.

주변 사람들의 부러움도 있었다. 회사에서는 어떻게 하면 그렇게 영업 실적을 잘 올릴 수 있냐며 내게 물어오곤 했다. 그러나 생각하면 딱히 나라고 해서 무언가 다른 방법을 가지고 있었던 것은 아니다. 내가 가지고 있던 것은 오직 패기와 열정뿐이었다. 지금 생각하면 나에겐 정말 잡초 같은 끈질기고 강인한 생명력과 열정이 있었던 것 같다. 어려움에 부딪칠 때도 나는 두려움 없이 문제와 씨름했고 곧 해결법을 찾아내곤 하였다.

한국일보에서 항상 최고의 영업 실적을 올렸기에 생활은 점점 나아지기 시작하여 우리는 다른 아파트로 이사를 가야겠다는 생각을 하게 되었다. 암사 시영 아파트에서 2년 정도 살고 있을 때였다. 강동아파트의 분양 소식이 들려왔고 우리는 모아둔 돈으로 15평짜리 강동아파트로 이사를 갔다.

9평 암사아파트에서 15평 강동아파트로 이사를 오니 집이 마치 운동장 같았다. 그때는 정말 세상에 부러울 것이 없었고 가족들도 만족해했다. 그때 나는 정말 가족과 직장밖에 몰랐다. 그러나 15평 강동 아파트에서 사는 것이 익숙해지자 내 안에 있는 열정이 다시 타오르기 시작했다.

더욱더 성공하여 부를 누리고 싶은 욕심, 가장 좋은 집, 가장 좋은 차를 갖고 싶은 마음, 누구보다도 가장 번듯하게 살고 싶은 마음이 내 안에서 솟구쳐 올랐다. 나는 마치 잘살지 못하는 것에 대하여 깊은 한이 맺혀 있는 사람 같았다. 그것은 어쩌면 별 볼 일 없는 농촌 생활, 가난한 농부의 아들, 또 야박하고 인색했던 서울 생활의 고달픔을 모두 보상받고 싶었던 내 욕심일지도 몰랐다.

이후 명일동 삼익그린아파트와 진로아파트, 그리고 강동에서 가장 큰 500여 평의 양지마을 단독주택. 현재의 대림빌라와 양평별장까지. 집은 점점 커져갔고 생활도 넉넉해져갔다. 지금은 나의 도전정신으로 인하여 암사아파트, 강동아파트에 살 때보다 훨씬 성공했고 몇십, 몇백 배의 부를 갖추었다.

그러나 나는 가끔 9평 암사아파트와 15평 강동아파트에서 살던 그 시절이 그립곤 하다. 그만큼 서울생활이 치열했고 도전의 연속이었기 때문이다. 성공하기 위해서 나는 가족과 직장에 집중하기보다는 좀 더 도전했고, 사업을 시작하게 되었다. 그러면서 나는 항상 자신과 홀로 외로운 싸움을 하며 스스로를 이겨내야 했다. 성공은 고독한 싸움과의 투쟁 끝에 얻어낸 축복이었다. 성공은 결코 쉬운 것이 아니었다.

물론 그렇다고 해서 후회가 있는 것은 아니다. 단지 그 이후, 하루도 게을리 살지 않았기에 사업을 하지 않았던 이때의 삶은 내게 그나마 안식처가 아니었나 하는 생각이 든다.

새싹들의 푸른 꿈을 키우다

내 나이 스물아홉에 이르러 나는 한국일보 영업부의 직원으로서 항상 최고의 영업실적을 기록했기에 수입 또한 최고였지만 나는 점차 그 수입에 만족하지 못하기 시작했다. 어렵던 서울 생활에도 안정이 찾아왔지만 그 안정에도 나는 만족하지 않고 또 다른 도전을 시작한 것이다.

그렇게 나는 직장을 마치고 집에 돌아와서는 밤새 머리를 싸매며 어떤 사업을 할지, 어떤 사업을 해야 성공할 수 있을지 생각하며 구체적인 계획을 세웠다. 그러던 차에 나는 고향친구 강영선을 우연히 만나게 되었다. 그 친구도 서울로 올라와서 생활을 하고 있던 것이었다. 영선이는 형의 체육관인 청무체육관에서 태권도를 하며 생활을 꾸려나가고 있었다.

우리는 오랜만에 만나서 술잔을 기울이며 이야기를 나누고 회포를 풀었다. 그러던 중에 영선이가 내게 먼저 사업 이야기를 하였다. 영선이도 무작정 상경하여서 서울 생활을 어찌어찌 해나가고는 있었지만 힘든 생활을 이어가고 있었던 것이었다. 자연스럽게 나도 영선이에게 사업 이야기를 하게 되었고 우리는 곧바로 그 자리에서 의기투합하여서 사업을 같이하기로 마음을 먹었다. 성공이 우리의 유일한 목표였다.

머리를 맞대고 둘이서 사업 계획을 세우기 시작했다. 여러 아이디어가 오고 간 끝에 우리는 '천호 태권도 도장'을 차리는 것으로 합의를 보았다. 둘 다 운동을 잘하였고, 태권도 또한 유단자였기에 할 수 있는 결정이었다.

한국일보를 다니며 저녁에 운영하였던 천호 체육관

나는 중학교 때부터 내 고향 강진의 평동에 있는 청용관 도장에서 태권도를 하고 있었다. 또한 고등학교 때 정구를 하면서도 난 문태신 선생님께 태권도를 꾸준히 취미 삼아서 배우고 있었다. 그 인연으로 말미암아 군대에 가서 나는 태권도 2단을 땄고, 전역하고 나서는 건강을 지키기 위해 태권도를 한 결과, 3단을 딸 수 있었다.

강영선 친구는 나보다도 높은 태권도 5단이었다. 이 친구도 나처럼 어렸을 때부터 운동을 잘한 데다가 오로지 태권도만 한 친구였다. 또한 우리는 태권도 도장을 하는 것이 사업의 목적도 좋다고 생각했다. 돈을 버는 것도 벌 수 있지만 그보다 우리나

천호체육관 심사기념

라의 국기인 태권도의 밝은 미래를 위하여 이바지할 수 있다는 생각이 우리를 더 기분 좋게 했던 것 같다.

이에 우리는 어디서 태권도 도장을 하면 좋을지 장소를 물색하기 시작했다. 또 태권도 도복과 띠, 장비 등을 어디서 싸고 좋은 것을 구입할 수 있는지 찾아보기 위해 일이 끝나고 나면 항상 동대문 시장과 남대문 시장을 돌아다녔다. 그렇게 철저한 준비를 마친 우리는 강동구 암사동에 건물을 임대하여서 체육관을 개관하고는 천호체육관이라 이름을 지었다.

체육관을 개관하고 열심히 체육관을 운영하는 데 힘을 쏟았다. 낮엔 한국일보에서 일을 하고 저녁엔 체육관에 와서 아이들에게 태권도를 가르쳐주었다. 강영선 친구는 아이들에게 주로 태권도 실전 겨루기 기술을 알려주었다. 나는 주로 학부모님들과의 상담을 도맡아서 하였고, 또 아이들의 정신 교육 및 품을 딸 때 필요한 품세와 자세를 아이들에게 알려주었다. 승품심사를 할 때 심사위원 역할도 내 몫이었다.

그렇게 1년 동안 열심히 체육관을 꾸려나가자 아이들이 조금씩 몰려들기 시작하였다. 처음엔 이삼십 명으로 시작했는데 어느새 1년이 지나 아이들이 백여 명 가까이 늘게 되었다. 그러면서 우리들도 보람을 느끼기 시작했다.

아이들 중에는 튼튼하고 운동을 잘하는 아이들뿐만이 아니라 허약하고 힘이 없는 아이들도 많이 있었다. 우린 그런 아이들을 특별히 신경 써서 체력단련 위주로 태권도를 시키곤 했다.

잘할 수 있다고 자신감도 불어넣어 주면서 열심히 태권도를 가르쳤다. 그렇게 몇 달이 지나면 아무리 허약했던 아이들도 금세 건강해져서 움츠리고 다니던 어깨도 펴고 자신감 있게 걸어다니곤 했다. 참 뿌듯한 일이었다.

그러면 부모님들이 가끔 음료수를 사 와서 고맙다는 인사를 해주었다. 생각해보면 그때만큼 뿌듯했던 적이 많지 않았다는 생각이 든다. 시끄럽고 이리저리 뛰어다니기 바쁜 아이들도 많았기에 한편으로는 정신없고 피곤하기도 했지만 아이들이 건강해지는 모습을 보면 너무나도 행복했다. 또 아이들이 단을 따고 시합에 나가 우승하고 돌아오는 것을 보면 자랑스럽기 그지없었다.

사실 체육관으로 돈을 많이 벌지는 못했다. 당시 체육관은 학원비가 싸기 때문에 큰돈을 벌 수가 없는 구조였다. 아이들이 많이 등록하여도 먹고사는 것에 조금 더 보태는 정도밖에 되지 않았다. 그런 이유들로 체육관을 하면서 성공할 수는 없었지만, 보람차고 기뻤던 나날들이었음은 부정할 수 없다.

그렇게 3년 동안 체육관을 강영선 친구와 함께 운영하다가 우리는 후배에게 체육관을 넘겨주게 되었다. 밤낮없이 일을 했더니 아무리 강철 같았던 내 몸에도 무리가 오기 시작한 것이었다. 낮에 일을 끝내고 고된 몸으로 저녁에 와서 태권도를 밤늦게까지 아이들에게 가르친 것이 문제였다. 또 집에 와서는 애써 힘든 척하지 않으며 아내와 함께 아이들을 돌보기도 했었다. 그것이 누적되어 몸에 무리가 왔기에 결국 나는 후배에게 체육관을 넘겨주고서는 다른 사업을 계획하기 시작했다.

나와 함께 체육관을 운영했던 강영선은 그 이후, 송탄에서 명성 체육관을 운영하다가 중국으로 건너가서 아이들을 가르치는 교수가 되었다. 지금은 잘 만나지 못하고 있지만, 언젠가 만나면 그때 체육관을 같이 운영하며 겪었던 수많은 이야기들을 함께 술잔을 기울이며 나누고 싶다.

그렇게 체육관을 인수인계한 후에 나는 완전히 다른 쪽으로 사업계획을 짜기 시작했다. 나에겐 좀 더 큰 욕심이 있었다. 사실 내가 태권도장을 시작한 것에는 태권도로 우리나라의 새싹들을 잘 육성해보자는 것 이외에도 중요한 두 가지 이유가 있었다.

첫째는 하루 빨리 돈을 벌자는 것이었고, 둘째는 동생들이 많으니 이런 사업을 벌여서 동생들에게 맡기면 모두 잘살 수 있겠다 하는 생각이었다. 그러나 사실 태권도장은 보람은 있었지만 이 두 가지 목적에는 어울리지 않았다. 돈을 많이 벌 수 없었고, 동생들은 태권도는 물론, 운동도 나처럼 잘하지 못하였기에 이 도장을 맡기기엔 무리가 있었던 것이다.

결국 나는 이 두 가지 조건에도 부합하는 사업을 하기 위해 집에 들어와서 어떤 사업을 해야 할지 골몰하였다. 새로운 도전을 꿈꾸기 시작한 것이다.

패션 사업에 뛰어들다

나는 태권도장을 후배에게 넘겨주고 얼마 지나지 않아 5년 간

다니던 한국일보에 사표를 내었다. 보다 큰 꿈을 위해서 이번에는 오직 사업에 내 모든 것을 쏟아부으리라 결심했던 것이다.

그 이면에는 전두환 정권의 출범 이후, 중·고등학생의 교복을 더 이상 착용하지 않게 만들겠다는 정보가 있었다. 나는 그때 아이들이 더 이상 교복을 입지 않는다면 아이들 옷에 대한 수요가 폭발적으로 늘어날 것을 직감하였다. 그런 직감을 느끼고 나는 주니어 패션 사업을 하기로 마음먹었다. 이번에는 서윤석 친구와 함께 주식회사 '로진양행'을 설립하고, 내 이름을 따서 '로진패션'이라는 브랜드로 옷을 생산하기로 했다.

그런데 막상 패션사업을 시작하려고 하니 이것은 정말 태권도와는 격이 다른 사업이었다. 제품을 생산 판매하려면 전국적인 조직과 생산라인을 갖춰야만 했고, 또한 세련된 디자인의 옷을 만들기 위하여 창조적인 디자이너들과 디자인실이 필요하였다. 이러한 모든 것들을 갖추기란 그렇게 쉬운 일이 아니었다. 결국 친구와 나는 우리가 가진 전재산을 모두 투자하여 사업을 시작하게 되었다.

아내는 더 좋은 아파트로 우리가 이사 가기를 내심 기대하고 있었고, 제법 중산층 분위기가 나게끔 더 좋은 살림살이들을 집안에 들여놓길 원했다. 또한 이제 아이들도 점점 커갔기에 아이들의 장래를 위하여 돈을 저축해야 한다고도 생각하고 있었다.

그런데 그런 상황에서 내가 직장을 그만둔 것도 모자라 우리 집의 모든 재산을 쏟아 부어 사업을 시작했으니 아내는 내가 야속했을 것이다. 나는 가족을 또 다시 고생시킨다는 생각에 미안한 마음이 들었지만 그러나 겉으로는 아무렇지 않은 척 사업을 했다. 이번만 성공한다면 정말 아내에게도 모든 것을 보상해주고, 시골에 있는 우리 동생들에게도 도움을 줄 수 있겠다는 생각이 들었기 때문이었다. 이번에야말로 이 지긋지긋한 가난에서 벗어나 성공을 할 수 있을 것으로 믿었다.

친구와 나는 천호 2동 명화빌딩에 150평 정도의 사무실을 임대하여 본사와 샘플실을 만들고, 천호동과 남양주에 삼백여 대의 미싱을 구입하여서 생산시설을 갖추었다. 내 나이 서른하나에 사장이 되었으니, 그 당시에는 정말 돈하고는 크게 상관없이 흡족하여서 배가 불렀던 것 같기도 하다.

사업은 점차 확장되기 시작하였고, 로진패션 대리점이 전국 방방곡곡에 생기기 시작했다. 이때만 해도 나는 성공에 대한 자신감을 갖고 있었다. 어느새 전국에 백여 개가 넘는 대리점이 세워졌고, 사세가 확장되어 가고 있는 만큼, 매출도 급상승했기 때문이었다. 태권도장을 운영했을 때엔 상상도 할 수 없던 돈이 매일 통장으로 들어오곤 했다.

내가 그렇게 사세를 무섭게 확장해나가자 대기업에서도 한

발 늦은 기세로 주니어 패션에 뛰어들기 시작하였다. 그러자 패션 시장에 불이 붙었다. 하이패션으로 논노, 뻥뻥, 미세스 고 등 유명 브랜드가 서로 견주며 성장했다. 그때 난 연매출 백억을 달성하며 유명 브랜드 못지않은 상승세를 달리기 시작했다. 당시 의류업계에서 연매출 백억은 대단한 것이었다.

나는 의류업계 주니어패션의 선봉자임을 확신했고 회사를 키우는 데 내 젊음을 다하였다. 그러면서 로진 패션은 중견 패션 회사로 거듭나기 시작했다. 그러나 내가 방심한 것이 있었다.

그것은 바로 회사에 대한 지나친 자신감과 교만을 가졌다는 것이었다. 매출이 엄청났던 만큼 난 그 모든 매출을 사세 확장에 쏟아붓기 시작하였다. 그것이 실수였다. 지금 생각하면 학술적으로 정리된 체계적인 경영을 배우지 못했기 때문에 일어난 일이었다고 생각한다.

매출은 엄청났지만 무리한 사세확장으로 말미암아 로진패션은 점차 적자를 보기 시작했다. 가장 나를 괴롭혔던 것은 재고 문제였다. 지금은 컴퓨터 한 대면 전국에 있는 재고를 파악할 수 있는 반면. 그때는 모든 매장에 일일이 직접 전화를 걸어서 매장에 있는 재고를 파악해야만 했다.

또한 그때는 지금처럼 발달된 택배나 물류 수송 회사가 없었다. 광주에서 부산까지 물류배송이 일주일이나 걸리던 시대였다. 각 지역마다 잘 팔리는 옷이 달랐는데, 그것을 제때 해결할 수 없어서 난처한 적이 너무나 많았다.

부산에선 없어서 못 파는 옷이 광주에선 남아돌고, 광주에서 잘나가는 옷이 부산에서 안 나가는 경우들이 있었는데 이럴 때마다 문제를 해결하기 위해선 2주 정도를 기다려야 했다. 그런데 2주 정도가 지나면 중요한 세일 위크Sale Week가 지나가고, 모든 옷이 다 재고가 돼버리기 일쑤였다.

이렇게 해서 재고가 전국 매장 백여 곳에 쌓이기 시작하였다. 그러자 재고가 점점 상상을 초월하여 늘어나기 시작했고, 결국 일 년 사계절의 재고가 로진 패션을 억누르는 원인이 되었다.

사업은 자기 철학과 의지만으로 되는 것이 아니라는 것을 뼈저리게 깨닫는 순간이었다. 나는 전문 경영인을 고용하여서 로진패션을 경영하지 못한 것을 이때 처음으로 후회하고 또 후회하였다. 사업이란 자본과 노력, 운만으로 이룰 수 있는 것이 아님을 절실히 느꼈다.

결국 패션 사업은 재고 때문에 부도를 맞게 되었다. 부도의 뒷수습에는 상당한 시간이 걸렸다. 부도를 수습하기 위하여 어쩔 수 없이 내가 만든 옷들을 원가도 안 되는 가격에 팔았다.

애써 만든 옷들이 '떨이'라는 이름이 붙어서 원가도 안 되는 가격에 팔려나가는 것을 보자 마음이 너무나 속상해서 혼자 눈물을 흘린 적도 있었다.

그러나 나는 다시 재기할 것을 마음먹었다. 로진 패션은 비록 실패하긴 했지만 나에게 있어 너무나 귀중한 것을 일깨워준 사업경험이었다.

드디어 거머쥔 성공

한국 최초가 되다

패션 회사의 부도로 말미암아 우리 가족은 살길이 막막하게 되었다. 다시 사업을 시작하고 싶었지만 돈이 없어서 가정도 제대로 이끌 수 없는 형편에 사업을 한다는 것은 어불성설이었다. 난 어쩔 수 없이 한국일보 출판사업부에 다시 복직을 하게 되었다. 그리고 복직하자마자 난 다시금 곧 최고의 영업실적을 인정받았다.

끈질기고 대범하고 당당한 자세로 신문, 잡지, 서적 등의 영업을 하여 급여와 수당으로 일백만 원 이상의 수입을 올렸다. 당시 일백만 원은 대단한 수입이었다. 모든 사람들이 나의 영업

실력에 혀를 내둘렀고, 나는 회사에서도 실력을 인정받아서 일본 동경 출판 세미나에 참석하게 되었다.

동경에서 첫날 세미나를 마치고 긴자호텔에 투숙하게 되었다. 호텔에서 몸을 씻고 나와 TV를 시청하는데 놀라운 사실을 발견하게 되었다. 방송채널이 사십여 개가 넘는 것이었다. 오락 채널, 예술 채널, 음악 채널, 게임 채널, 만화 채널, 시사 채널 등등……. 전문성을 갖춘 채널들은 물론, 그 다양성이 상상을 초월하였다.

지금 와서는 이런 것이 무슨 대수냐며 따질 수 있는 이야기지만 그 당시 우리나라는 전두환 군사정권 하에서 KBS1, KBS2, MBC 이렇게 세 채널밖에 없을 때였다. 나에게 일본의 TV채널은 신세계와도 같았다. 이것이 어떻게 된 일이냐고 동료에게 묻자 동료는 일본은 유선방송을 하고 있기 때문에 이런 것이라고 대답을 해주었다. 그러나 전자나 통신을 전공한 적이 없는 나로서는 유선방송이 무슨 뜻인지조차 가늠하기가 어려웠다.

유선방송이 무엇이냐고 되묻자 이 친구가 케이블로 연결하여 각 업소나 가정에서 시청할 수 있게 한 방송이라고 말을 해주었다. 그때 그 말을 듣자 비로소 난 강진 탑동 이장 집에서 라디오를 중계해주면 각 집에 있는 스피커로 방송이 전달되어 라디오를 들을 수 있는 것이 연상되며 이해가 되었다. 놀라운 일이었다. 나는 곧바로 우리나라에서 유선방송을 시작하면 대박이 날 것이라는 생각이 들기 시작했다.

한편으로는 걱정하는 마음도 없지 않았다. 방송을 정권유지를 위한 수단으로 사용하여 TBC 같은 방송도 없애버리던 전두환 정권 시절, 무선방송국도 통제하는 시절에 유선방송이 감히 한국에서 가능할까 하는 생각이 있었기 때문이었다. 그러나 귀국해서 내 머리를 가득 채운 생각은 오로지 유선방송에 대한 생각뿐이었다. 유선방송을 처음으로 한국에서 시작해보자. 내 가슴속에서 다시 도전에 대한 활화산 같은 열정이 불타오르기 시작했다.

나는 귀국하자마자 사업 준비를 시작하며 곧바로 한국일보에 사표를 내었다. 한국일보에 재취직한 지 6개월밖에 되지 않았을 때였다. 나는 즉각 세운상가로 달려갔다. 세운상가를 이 잡듯 뒤지며 일본에선 유선방송을 하던데 이 분야에서 전문가가 누구냐며 수소문을 했다.

유선방송을 왜 찾냐는 눈초리로 세상에 별놈 다 보겠다는 눈길을 보내는 사람이 대다수였지만 나는 힘겹게 '정해하'라는 사람을 찾을 수 있었다. 정해하 씨에게 이야기를 들어보니 기술은 가능하나 법적으로는 되지 않는다고 못을 박았다. 무허가라는 말이었다. 하긴 유선방송 자체가 없던 시절이었기에 유선방송에 허가를 내주는 법 자체가 없었다. 유선방송을 시작한다는 건 무허가로 일을 벌여야 한다는 것이었다.

결국 난 법률적인 부분을 점검하기로 결정하고 동부지청 검사를 찾아가 물었다. 그러자 검사는 62년도에 제정한 유선방송 수신관리법이 있기는 하나 이것은 라디오를 PP선으로 연결하여 가정집 스피커 라디오 방송을 듣기 위한 법이라며 TV방송으로는 허가 난 것이 없다고 말하였다. 그러면서 유선방송을 시작하게 되면 무허가라는 말을 또 덧붙였다. 그러나 나는 포기할 수 없었다. 유선방송 전문가를 찾아 헤매던 것처럼 끈질기게 법률 전문가를 찾아 헤맸다.

그러다가 다시 판사 출신의 변호사를 찾아가 상담하였다. 그런데 그 변호사는 남들과 다르게 독특한 말을 해주었다. 원래 법이란 것은 자연 발생한 사업과 사업자를 보호하고 한편으로 규제하기 위하여 생기는 것이기 때문에 법이 없어 허가하지 못한 유선방송을 하여도 별 문제가 없다는 것이었다. 즉, 예전에 없던 창조적인 사업을 하는 것이므로 그것에 대한 법이 없을 뿐, 현재 법상으로 규제되는 사업 내용만 가지고 있지 않으면 할 수 있다는 뜻이었다.

이 이야기를 들은 나는 천군만마를 얻은 것 같았다. 나는 당장 천호 3동 동사무소 앞 백화선 씨 세탁소 2층에 25평 정도를 임대하여 세운상가에서 만났던 유선방송 전문가 정해하 씨를 비롯, 서너 명의 기술자들과 함께 유선방송 기기와 증폭기를 개발하기 시작했다.

증폭기란 쉽게 말하여 한곳에서 나오는 영상과 음향이 200m쯤 가면 신호가 약해지므로 다시 증폭시켜 영상과 음향을 살아나게 하여 이백 개 정도의 TV에 동시 송출할 수 있게끔 신호를 확장하는 기계라고 할 수 있다. 그러나 증폭기를 만드는 일은 결코 쉽지 않은 일이었다. 대한민국에 없었던 기계를 새로이 만들어내야 하는 일이었고, 기존의 매뉴얼이나 기본 지식 같은 것도 없었기에 몇 번이나 시행착오에 빠지기 일쑤였다.

그러나 나는 결코 포기하지 않았다. 나는 유선방송을 우리나라의 중심 서울 한복판에서, 그것도 우리나라 최초로 개발하여 시작한다는 자부심과 설레임, 그리고 분명히 성공할 수 있으리란 믿음과 확신으로 끈질기게 도전했다.

6개월 정도가 지나고 드디어 가장 중요한 증폭기와 깡통부스타, 분배기, 분기기 등등이 차근차근 완성되기 시작했다. 떨리는 맘을 감출 수 없었다. 기기 설치를 다 끝낸 후 초조하고 두근대는 가슴을 달래면서 시험 방송에 들어갔다.

성공이었다! 성공!

정해하 씨와 나, 그리고 얼마 되지 않는 기술자들과 함께 우리는 울고 웃으며 껴안고는 춤을 췄다. 드디어 유선방송을 시작할 수 있는 기기를 만들어낸 것이었다. 벅찬 마음을 즐겁게 나누기 위해서 축하파티를 열고 자축한 우리들은 다시 유선방송을 시작하기 위한 작업에 본격적으로 들어가기 시작했다.

방송실을 만들어야 했고, 케이블도 구입하고 증폭기를 비롯한 기기 생산을 해야 했다. 그러나 이제부터가 문제였다. 로진패션의 부도를 갚기 위해 내가 번 모든 돈을 다 썼기에 자금을 유통할 수 있는 곳이 없었다. 약 삼천만 원 정도가 필요한데 돈이라고는 몇 백만 원밖에 없으니 큰일이었다.

그러나 사람이 죽으란 법은 없는지 여기저기서 가능성을 보고 지인들이 나를 도와주기 시작했다. 사업에 감이 빠른 친구인 강영묵도 아주 참신한 아이디어 사업이라고 긍정적인 평가를 하면서 개발 및 투자로 나를 도와주었다. 지금 생각하면 이때 내가 유선방송에 도전했던 것은 벤쳐사업이라고 할 수 있겠다. 여하튼 나는 이렇게 지인들의 도움으로 재기하여 방송실과 송출시설을 갖추게 되었다.

그리고 1984년 4월 30일. 드디어 감격의 첫 방송이 시작되었다. 대한민국 최초의 유선 방송이 송출되기 시작한 것이었다.

대한민국 유선방송의 창시자

이제 우리는 명실공히 방송실과 송출실을 갖춘 대한민국의 제1호 중계 유선방송국이 되었다. 동네 곳곳에 광고를 써 붙이자 유선방송이 무엇이냐고 곳곳에서 전화가 걸려왔다. 그리고 사람들이 유선방송에 대해 알게 되면서 유선방송이 점차 알려지기 시작했다. 소문이 난 덕에 가입자는 점점 늘기 시작했고 사세는 크게 확장되었다.

이렇게 해서 대한민국 중계 유선방송의 창시자가 된 나는 한국유선방송을 운영하며, 시설과 가입자를 확대하는 데 최선을 다했다. 당시 업소에서 음악 방송을 하고 있던 이인석 선배와 위차린 선배 그리고 이인성, 서병직, 서춘성, 도충락 씨 등등 유선 방송에 관심 있는 사람이라면 누구나 먼저 내게 찾아왔고, 이곳 천호동 내 사무실에서 사업을 논의했다. 그리고 유선방송의 가능성을 본 이들은 너도나도 덩달아 유선방송 사업에 뛰어들기 시작했다.

그중에서도 나에게 자문을 받고 함께 사업을 시작한 이인석 선배는 유선방송협회장을 맡았으며 우직한 추진력과 열정으로 광주, 목포, 구미, 전주, 용산구 등 전국 각 지역에 유선방송 사업을 시작하여서 엄청난 대갑부가 되었다. 위차린 선배 역시 서초구에서 유선방송을 시작해서 상당한 사세를 확장하게 되었다. 나는 강동구에서 유선방송 지역사업권을 가지고 사세 확장을 하게 되었다. 지금 생각하면 나에게 좀 더 자본력이 있었더라면 더 많은 곳에 투자하여서 나도 유선방송 갑부가 되었을 것이라는 아쉬움이 조금 있다.

그렇게 유선방송이 차츰차츰 시민들에게 알려지면서 유선방송 사업체들도 우후죽순처럼 늘어나 무려 800여 개의 유선방송 사업체가 생겨나게 되었다. 그런데 유선방송에 관한 법은 아직 제정되지 않은 상태였다. 이대로 가다간 사업체들 간에 충돌이 일어나는 것은 물론, 경쟁이 과열화되어 서로 자멸할 수도 있겠다는 생각이 들었다. 또한 법이 없기에 유선방송 사업체를 보호할 수도 없는 것이 현실이었다. 유선방송법의 필요성을 강하게 느낀 나는 유선방송협회장을 맡아서 유선방송의 기준이 될 법을 만들어 달라고 문화공보부를 상대로 투쟁하기 시작했다.

그렇게 2년 동안이나 끈질기게 문화공보부를 설득한 결과, 나는 드디어 유선방송관리법을 만들어내는 쾌거를 맛보게 되었다. 87년 문공부에서 전국에 팔백여 개의 유선방송 사업체를 유선방송법에 의하여 허가를 내주게 된 것이었다. 그리고 이후 유선방송은 SBS의 개국으로 인해 국민의 난시청해소와 방송 없는 낮 시간에 녹화방송을 해줌으로써 없어서는 안 될 국민의 방송으로 자리 잡았다.

한국유선방송 권익추진 협의 대표로 연설하는 모습

유선방송은 싼 가격으로 볼거리를 즐길 수 있는, 사회적으로는 없어서는 안 될 국민의 중계방송 중 하나로 빠르게 부상하였다. 또한 도시 곳곳에 흉하게 자리 잡아서 도시미관을 해치던 안테나들도 유선 방송이 자리 잡아가면서 점차 사라지기 시작했다.

우리 회사는 84년부터 2000년까지, 17년간을 시설과 가입자를 확보하는 데 총력을 기울였다. 쉬운 일은 아니었다. 강동구 전역에 수십 킬로의 케이블과 방송기기들을 설치해야 했고, 노후 시설은 즉시 교체해야만 했다. 그러나 여태까지 쌓아왔던 사업 경험을 십분 발휘하여서 밤낮으로 노력한 결과, 가입자도 점점 늘어났고 회사운영도 점점 나아져갔다.

절호의 기회가 됐던 것은 SBS 개국으로 인해 각 가정에서 SBS를 보기 위해선 별도의 안테나를 설치해야 하는 불편함이 생겼다는 것이었다. 그때부터 사람들은 안테나를 설치하기보다는 대신 유선방송을 설치하였다. 가입자가 급증하기 시작했고 점차 사업이 정상 궤도에 올라오게 되었다. 나는 강동구 내에서 이만 명의 가입자를 확보하고 한 가구당 4,000원의 시청료로 이십여 명의 직원을 먹여 살리는 것과 시설 투자에 열중했다. 그 이후, 방송의 꾸준한 발달로 유선방송국에서 광고와 홈쇼핑 중계방송을 할 수 있게 되어 차츰 수입은 더 좋아졌다.

이후, 국민의 정부로 출범한 노태우, 김영삼 정권에서도 방송의 질은 좋아졌으나 아직 디지털 방송은 국민의 가계와 국가 경제적 부담을 생각하면 시기상조라는 것 때문에 국회상임위원회조차 통과하지 못하고 미뤄져 왔었다. 그러던 것이 김대중 정부에서 통합방송법을 통과시킴으로써 아날로그 방식의 TV를 디지털 방식으로 바꾸게 되었다.

이에 따라 아날로그 송출 시설을 갖고 있던 우리 회사는 디지털 방송으로 설비를 모두 바꿔야 하는 엄청난 재정 부담을 안게 되었다. 또 시설을 바꾸더라도 기존 디지털 채널을 사용하던 케이블 TV들과도 경쟁해야 했기에 나는 사업을 매각할 수밖에 없는 여건이 돼버리고 말았다. 그렇게 난 강동케이블TV 지분을 먼저 매각하고 난 후 2000년 9월 30일, 17년간 애정을 가지고 켜왔던 한국유선방송을 씨앤엠(조선무역)에 매각하게 되었다.

내가 유선방송 사업에서 손을 뗀 이후로도 유선방송 사업은 계속 발전하여서 현재의 케이블TV방송으로 명맥을 이어나가게 되었다. 사십여 개 채널은 물론 백여 개, 이백여 개까지도 다양한 채널을 한 번에 볼 수 있는 것이 현재의 케이블TV이다. 난 지금의 케이블TV가 생겨나기까지 항상 그 변화의 중심에 서있었다. 언제나 시민의 요구에 맞춰 변화를 수용하려고 노력하였으며, 항상 시민들에게 불편이 없게끔 먼저 최신으로 시설을 바꾸려고 노력하였다.

강동 케이블TV를 설립하다

방송은 5년을 주기로 급변한다. 그만큼 국민의 요구가 많아졌다고 본다. 깡통 부스타로 시작했던 아날로그 유선방송이 지금은 모두 디지털로 바뀌었다. 그동안 방송은 국민의 생활 속에 깊이 파고들었고 방송 없이는 삶의 낙이 없다고까지 하는 사람도 생겨났다. 그렇게 국민의 생활이 풍요로워지자 국민의 욕구 또한 다양해지기 시작했다.

이처럼 90년대에도 유선방송이 점차 자리 잡아 가기 시작하자 사람들은 KBS, SBS, MBC 세 채널뿐만이 아니라 다양한 전문성을 지닌 다채널 방송을 요구하기 시작했다. 뉴스, 스포츠, 바둑, 패션, 골프, 영화, 음악, 홈쇼핑 등 전문채널이 삶의 풍요로움을 위해 다양한 정보를 전해주어야 하는 시대가 된 것이다. 케이블 TV의 시대가 요구되기 시작했다.

이에 따라 96년에 케이블TV방송을 권역별로 허가할 것이라는 문공부의 발표가 나왔다. 당시 나는 한국유선방송을 열심히 운영하고 있을 때였다. 모든 기업들은 케이블TV 사업이 황금알을 낳는 거위라는 것을 눈치채고 즉각 이 사업에 뛰어들기 시작했다. 한전과 통신공사는 망(전송선로) 사업자로, 내로라하는 재벌 회사들은 프로그램 제작사로 참여 의사를 밝혔다. 서울은 구 단위로, 지역은 몇 개 시군을 합쳐서 권역별로 1차 접수시한이 공고되었다.

정보에 밝은 사업가요, 덕망 있는 정치인 조석만 회장님도 이 소식을 모를 리가 없었다. 이미 이 지역에서 건설업으로 자리를 잡고 있는 인풍건설과 손잡고 몇 명의 지역유지들과 주주구성을 하고 있는 것이었다. 물론 인풍건설 유재원 사장의 권유였으리라 생각하지만 많은 선배들께서 이미 참여하고 있었다.

인풍건설 유재원 사장, 카톨릭 병원 장종호 원장, 성모병원 김대섭 원장, 삼화 주유소 윤수영 사장, 산성 골프 레저 김호삼 사장, 고덕 주유소 김태희 사장, 상도전기 박성배 사장, 화랑산업 안영근 사장, 백승문 사장, 경기제사 이찬재 사장이 이미 주주로 합심하여 지역 방송국은 강동을 지키는 우리가 해야 한다며 모두들 의기투합하여 각오하고 있었다.

그런데 우리나라에서 상장기업으로 상승세를 타고 있던 광명전기 주식회사에서 강동 지역 방송을 신청하겠다고 주주를 구성하고 있으니, 그것이 문제였다. 인풍건설이 대주주가 된 A사와 광명전기가 대주주가 된 B사의 치열한 경쟁이 예상되었다. 법으로 인하여 각 지역엔 하나의 사업자밖에 들어올 수 없었기에 둘 중 하나만 강동구의 케이블TV 사업을 유치할 수가 있었다.

두 회사 모두 상당히 좋은 조건을 내세우며 강동구 중계 유선방송국에 지역 케이블TV 사업을 하자는 제안을 해왔다. 물론 나에게도 그런 제안이 왔다. 기존 유선 방송자와 함께 케이블TV 지역 방송국을 신청한 회사는 유리한 점수를 받을 수 있기 때문이었다.

접수 시한이 가까워질수록 각 회사들은 강동구 중계 유선 방송국들에게 파격적인 조건을 내걸었다. 광명전기는 50억으로 법인 설립하여 무상으로 주식을 일정 퍼센트를 주고, 현금 수억 이상을 주겠다는 조건을 제시해왔다.

그러나 나는 결정은 신중하게 해야 한다고 생각했다. 며칠 밤을 새며 고민한 끝에 난 두 회사를 비교하며 한 가지 결론을 내릴 수 있었다. 비록 인풍건설이 광명전기보다 적은 규모의 회사이지만, 지역유지로서 의욕적인 사업가들로 구성원이 이루어졌으니 문공부에서는 지역 주민의 참여도와 주주의 구성원을 중요시 할 것이란 생각이었다.

결국 조건은 광명전기만 못해도 난 지역 선배님들과 함께 한다는 생각으로 인풍건설에 합류하기로 결정하였다. 그리고 결과는 당당히 광명전기를 제치고 인풍 건설과 내가 대주주가 되는 승전보를 올리게 되었다. 심사숙고 끝에 결정한 한 순간의 선택이 내게 새로운 사업에 뛰어들 계기를 마련해준 것이었다. 이렇게 해서 강동 케이블TV가 탄생하게 되었다. 나는 한국유선방송과 강동 케이블TV를 동시에 운영하였다.

그러나 강동 케이블TV는 생각보다 엄청난 수익을 가져오지는 않았다. 당시 사회여건 상 유선방송보다 비쌌던 케이블TV에 가입하기 망설이는 주민들이 많았고, 설립한 지 얼마 안 되어 곧바로 닥쳐온 98년 IMF의 여파로 케이블TV의 가입자는 더욱 늘지 않았기 때문이다. 그 이후로도 내가 운영하던 한국유선방송의 가입자는 꾸준히 늘어났으나 강동 케이블TV의 사정은 나아지지 않았으니 사실상 유선방송보다 많은 돈을 벌지는 못했다고 할 수 있겠다.

그리고 IMF가 끝난 이후 김대중 정부의 통합방송법이 통과되며 아날로그 방송이 디지털 방송으로 전부 바뀌어야 했고, 이는 강동 케이블TV도 마찬가지였기에 나는 결국 우리 회사의 시설을 아날로그에서 디지털로 바꿔야 하는 부담을 견디지 못하게 되어 강동 케이블TV를 씨앤엠에 먼저 매각하게 되었다. 다행히 씨앤엠에서 내가 강동 케이블TV에 투자했던 투자금액의 두 배가 넘는 금액에 매입을 해주었기에 나는 큰 부담 없이 강동 케이블TV를 씨앤엠에 맡길 수 있었다.

또 한 번의 대한민국 최초

우리나라에 유선방송을 최초로 시작한 선구자이자 개척자로서 난 자연스럽게·방송에 대해 많이 알게 되었다. 어떻게 하면 방송이 나오게 하는지와 같은 기계적인 것부터 어떤 방송 프로그램이 좋은 것이고 어떤 것이 나쁜 것인지 보고 판단하는 내적인 TV콘텐츠에 이르기까지 방송에 대한 기본적인 시스템과 기본 콘텐츠에 대한 광범위한 지식이 내 안에 쌓이게 된 것이다.

그도 그럴 것이 무에서 유를 창조해내듯 유선방송에 대한 환경이 아예 없었던 우리나라의 TV시장에 유선방송시장을 만들다 보니 어쩔 수 없이 방송에 대한 모든 것을 배우고 깨쳐서 알아야만 했다.

그러다 보니 난 방송기술에 대해서도 어느 순간 많은 지식을 습득하게 되었다. '어떻게 촬영하면 좋은 방송이 나오는 것인가' '어떻게 하면 좋은 화면이 나올 수 있게 할까'를 연구하다 보니까 카메라 기술 및 음향 녹음 기술, 디지털 믹싱 기술 등 여러 가지 다채로운 음향과 영상 기술들을 배우게 된 것이었다.

그렇게 많은 기술들을 배우다 보니 난 이것을 많은 사람들에게 나누어주는 새로운 학원을 만들어보자는 생각이 들었다. 그 생각이 마치 꼬리에 꼬리를 물 듯 내 안에 계속 생겨나서 나는 음향 영상 기술 학원을 만들게 되었다. 또 한 번의 대한민국 최초였다.

그때 당시엔 이런 학원에 대한 개념조차 우리나라엔 없었기에 내가 유선방송을 처음 만들 때처럼 영상 기술 학원에 대한 법조차 없던 시대였다. 결국 내가 음향 영상 기술 학원을 만듦으로써 1986년 한국 음향 영상 기술 학원이 법적으로 허가가 되었고, 나는 최초로 '사진, 비디오 학원'이라는 이름으로 천호동 로석 빌딩에 음향 영상 교육 학원을 설립하였다.

물론 새로이 사업을 시작한다는 것이 쉬운 일은 아니었다. 당시만 해도 영상 기기와 음향 기기가 매우 고가였기 때문이었다. 유선 방송을 시작한 지 얼마 안 되었을 때여서 돈이 그렇게 많지 않았다. 나는 또 한 번 집안의 눈초리를 받았지만 이 사업만은 포기할 수 없다는 생각이 들어서 많은 돈을 들여서 실습 영상 장비와 녹화 장비, 기자재 등을 사서는 강습실을 만들고 음향·영상 기술을 연습할 수 있는 환경을 충분히 가꾸어냈다.

당시 전자제품의 기술은 날이 갈수록 발전하고 있었다. 그에 따라 영상에 대한 필요도 점점 늘어나고 있던 것이 사실이었다. 비디오카메라와 비디오가 부유층부터 시작하여 점차 대중화되던 시대였고 그에 따라 사람들은 이 기기들을 다루는 기술들을 필요로 하고 있었다.

마치 입시생이 있으면 입시 학원이 발달하고, 자동차가 있으면 자동차 운전면허가 필요하듯, 나는 이제 앞으로 닥쳐올 영상 미디어 시대에도 기술이 필요함을 누구보다도 빨리 알아채고 만들어낸 것이었다.

학원에서는 주로 비디오카메라를 어떻게 사용하는지, 어떤 구도와 기법으로 영상을 찍어야 하는지, 또 편집 및 녹음과 더빙에 대한 기법을 체계적으로 가르쳐주었다. 당시에만 해도 영상이란 것은 비싼 기기로 복잡한 과정을 거쳐 만들어지는 것이었다. 지금처럼 스마트폰을 가지고 손으로 몇 번만 터치하면 되는 것이 아니었다.

사람들은 단순히 크고 작은 행사와 가족 나들이를 촬영하는 법을 알기 위해서 찾아오기도 하였고 정말 전문적인 기술들을 배워서 방송 쪽으로 취업을 하기 위하여 오기도 하였다. 정말 다양한 사람들이 우리 학원으로 몰려들었다.

나중에는 학원에 점점 사람들이 몰리기 시작해서 수료한 학원생이 3년에 걸쳐 천 명이 넘게 되었다. 어떤 사람들은 기술을 배워 방송국 카메라 기자와 학교, 회사 홍보실, 예식장 비디오 촬영기사가 되어 편집 및 더빙을 함께 하는 전문 기술자로 일을 했다.

재밌는 것은 군대를 편하게 가기 위하여 우리 학원을 찾아오는 사람들도 꽤 많았다는 것이었다. 당시 사진, 비디오 학원의 수료증을 가지고 군대에 들어가게 되면 육군 본부에 사진병으로 배치되는 경우가 있었다. 그런데 사진병은 모든 훈련에서 열외 되었기에 사람들이 그것을 노리고는 저마다 사진병으로 군대에 가기 위하여 우리 학원을 다니는 웃지 못할 일들이 벌어졌던 것이다.

그렇게 3년간 학원을 운영하면서 난 경제적으로 많은 돈을 벌지는 못하였지만 후학을 가르치는 보람된 일을 했다는 것만으로도 크게 만족할 수 있었다. 생각해 보면 사실 나는 전자 전기 쪽에 전문 지식이 있는 사람이 아니었다.

그러나 나는 시대의 흐름을 날카롭게 꿰뚫어보았고, 무엇이 성공할 수 있는 것인지, 무엇을 내가 할 수 있고, 큰 이익을 낼 수 있는 흐름인지를 명확하게 볼 줄 알았다. 또한 그에 맞게 국민의 이익을 추구할 줄도 알았다. 한국 최초로 유선방송을 도입하여 국민에게 볼거리의 자유로움을 늘리는 데 일조하였고, 또 한 번 최초로 음향 영상 기술 학원을 설립하여 국민에게 영상의 전문적 기술을 처음으로 알려주었기 때문이다.

내가 86년에 음향 영상 기술학원을 설립한 후, 91년도가 돼서야 KBS와 MBS 음향 영상 기술학원이 설립되었으니 -지금은 방송 아카데미로 이름이 바뀌었다- 나는 시대를 5년이나 앞서나간 셈이다.

성공에는 철학이 있다

성공의 기본 요소

어떤 사람들에게나 그렇듯이 성공은 쉬운 것이 아니다.

성공은 기회와 타이밍도 중요하지만 그것을 놓치지 않을 수 있는 실력도 중요하다. 그런데 실력이란 것은 가만히 있다 보면 저절로 쌓이는 것이 아니다. 실력을 쌓기 위해서는 많은 시간을 끊임없이 노력하고 또 노력하는 고된 노력의 시간도 필요하다. 그리고 마지막으로 용기가 있어야 한다. 믿음을 갖고 달려들 수 있는 용기가 있어야 비로소 성공에 뛰어들 수 있기 때문이다.

이러한 것들이 모두 겹쳐졌을 때에야 비로소 성공을 거머쥘 수 있다고 난 생각한다. 어떻게 보면 너무나 기본적인 이야기이고 뻔한 이야기이다. 그러나 이것들은 성공에 들어가기 위한 필수적인 요소로 이런 것들을 이야기하지 않고 넘어가버린다면 성공을 논할 수 없다고 생각되어서 이 이야기를 하게 되었다.

빵을 만들기 위해선 무엇이 필요한가? 다양한 재료를 추가시키거나 뺄 수 있을 것이다. 고구마 빵을 만들기 위해선 고구마를 넣을 것이고, 땅콩크림 빵을 만들기 위해선 땅콩크림을 넣듯이 말이다. 그러나 변하지 않는 기본요소가 바로 밀가루이다. 빵을 만들기 위해선 무조건 밀가루가 들어가야 한다.

맛있는 밥을 만들기 위해서도 그렇다. 밤, 은행, 대추, 인삼, 잣, 오곡, 정말 여러 가지 것들이 추가되고 변형될 수 있으나 밥을 만들기 위해선 쌀만은 변화시킬 수도 없고, 뺄 수도 없다. 쌀은 밥의 필수요소이자 기본요소이다.

이처럼 성공에도 기본 요소가 존재한다. 용기, 노력, 믿음, 타이밍, 기회, 등등은 빵의 밀가루 같은 존재이다. 밥의 쌀 같은 존재이다. 이중에서 그 어느 하나라도 빠지게 된다면 성공은 존재할 수가 없게 돼버린다. 중요한 것은 타이밍과 기회는 성공의 필수요소지만 우리가 어찌할 수 없는 것임을 명심하라는 것이다. 우리가 할 수 있는 것은 용기를 가지고 언젠가 성공하리라는 믿음으로 포기하지 않고 노력하면서 앞으로 나아가는 것이다. 그렇게 노력할 때 성공은 당신의 눈앞에 한 걸음 더 다가와 있을 것이다.

난 항상 뭐든지 열심히 했다. 타고난 체력을 바탕으로 정말 열심히 살았다. 한국일보를 다닐 때엔 낮에는 쉼 없이 영업을 뛰고 교육을 하다가 저녁엔 돌아와서 체육관에서 운동을 하며 아이들을 가르쳐주었다. 시끌벅적하고 정신없는 아이들에게 밤늦게까지 태권도를 가르쳐주다가 집에 돌아와서는 아이를 돌보고 아내의 일을 도와주었다. 그렇게 5년을 낮도 밤도 없이 밤에도 잠을 조금씩 자가면서 생활을 했다. 그러나 나의 열정은 거기서 끝난 것이 아니었다.

태권도장을 후배에게 넘겨준 이후, 로진패션을 설립하게 되면서 난 또 밤을 새워 열심히 하기 시작했다. 전국구적인 규모의 사업은 처음 도전해보는 것이었기에 너무나도 모르는 것이 많았다. 사업을 확장하면서 배우고 또 배워야만 했다.

패션의 흐름을 알아보기 위해 최신 유행 디자인의 옷들을 보러 유명 백화점과 유명 옷 매장을 매일같이 들러야했고, 패션 잡지들을 사서 보는 것은 물론, 국제적으로 유명한 패션쇼에는 항상 참석하거나 참석하지 못하더라도 영상을 보려고 노력하였다. 그렇게 최신 패션의 흐름을 알게 된 다음 디자이너들과 상의하여 옷의 디자인을 정했다.

그뿐만이 아니었다. 물류 유통, 대리점을 세우는 것까지 하나하나 전부 새롭게 배워야 하는 것들이었다. 큰 규모의 사업을 꾸려나가는 것을 배우는 과정은 쉽지 않은 과정이었다. 그러나 그랬음에도 불구하고 로진 패션은 안타깝게도 부도를 맞았다.

지금 생각하면 그때 그렇게 최선을 다했음에도 불구하고 실패하고 만 것은 경영에 대하여 제대로 배워보지도 않은 상태에서 백여 곳이 넘는 대리점을 경영하려다 보니 실패하고 만 것이라는 생각이 든다. 전문 경영인을 고용했다면 성공하지 않을까 하는 생각이 지금 와서는 가끔 들기도 한다.

그러나 그 이후, 이러한 나의 노력하는 태도, 열정의 태도가 변함없이 있었기에 난 결국 유선방송을 이끌어내며 성공했다. 지금은 처음 서울로 상경했을 때에 비하면 몇 백, 몇 천 배의 부를 손에 넣게 되었다.

나는 이렇게 성공했다

이런 기본적인 요소들 외에 나의 특별한 성공 요인이 있다면 그것은 바로 선구자적으로 미래를 바라보는 눈이었다고 할 수 있겠다. 나는 항상 남들보다 먼저 앞서나갈 줄 알았다. 재빠르게 어떤 것이 성공할지 캐치할 수 있는 능력이 있었던 것이다.

처음 로진 패션을 시작할 때부터 나는 시대가 바뀌면 먼저 무엇을 해야 할지를 남들보다 빠르게 알 수 있었다. 교복 자율화가 시작된다면 주니어 패션 사업에 곧 열풍이 불 것을 누구보다 빨리 알아채고는 재빠르게 패션 사업을 시작한 것이었다.

유선 방송을 시작했을 때에는 나는 좀 더 미래를 바라보았다. 당시 유선방송은 우리나라 사람 누구도 생각하지 못하고, 꿈도 꾸지 못하던 것이었다. 나는 유선방송에 대한 현행법도 없는 상태에서 무허가로 유선방송을 시작하여 우리나라에 유선방송을 정착시켰다. 또한 유선방송 관리법을 만들기 위해 2년 동안 투쟁한 끝에 유선방송 관리법도 국회에서 통과될 수 있었다. 처음엔 깡통부스타로 시작했던 유선방송이 나중에는 몇백, 몇천 억을 벌어들이는 황금알을 낳는 사업이 되어서 대기업이 뛰어들게 되었고, 그때서야 난 유선방송의 선구자로 남게 되었다.

음향 영상 기술 학원을 설립했을 때에도 마찬가지였다. 역시나 현행법도 없는 상황에서 법을 만들어 달라고 여러 가지로 시에 건의를 했고, 여러 번의 건의 끝에 법이 만들어져 통과될 수 있었다. 그리고 나를 시작으로 음향 영상 기술 학원이 여러 곳에 세워지게 되었다.

이렇듯 나에게는 항상 미래를 보고 그 미래를 정확히 예측하여 사업에 뛰어들 수 있었던 능력이 존재했던 것 같다. 누구도

하지 못했던 것을 새롭게 시작하는 능력. 그것이 내 성공의 근본 원인이었다.

나에겐 이러한 성공 요인 말고도, 또 한 가지 나를 성공으로 이끈 중요한 원인이 있었다. 그것은 바로 나의 사업 철학이었던 '세상에 공짜는 없다'였다. 어떻게 보면 조금 우습게 들리지만 이건 나에게 있어 정말 중요한 원리였다. 나는 서예가에게 부탁해서 크게 써놓은 이 말을 내 사무실 한쪽에다가 걸어놓고 항상 지켜보고 마음을 새롭게 했다.

사업을 하며 세상을 살다 보면 저 말을 깊게 느낄 수가 있었다. 왜냐하면 정말 세상에 공짜는 없기 때문이다. 부모가 자식에게 주는 것만큼은 공짜인 것 같지만, 사실은 그것도 아니다. 자식이 커서 잘되길 바라는 마음이 있고, 나중에 효도해주길 바라는 마음이 있기 때문이다.

부부 사이에도 공짜로 주는 사이는 없다. 다 주고받는 것이 있으며 서로 상호관계 속에서 부부 사이가 이루어진다. 일방적인 관계라면 파괴되고 마는 것이 사람 사이이고, 인간관계의 법칙이다. 누구든지 어느 한쪽이 일방적으로 주기만 한다면 그 관계는 금세 깨지고 마는 것이다. 관계가 아닌 것들도 그렇다. 우리는 밥을 먹어도 부가세를 내야하고 시민으로 살아도 시민세를 내야 한다.

세상에서 사업을 한다는 것은 바로 이러한 냉철한 마음가짐으로 하는 것이 맞는 도리였다. 내가 노력한 만큼, 내가 최선을 다한 만큼, 또 내가 미래를 바라보고 정확히 예측한 만큼, 성공은 내게 돌아왔다.

현재 정치인으로서, 또 호텔 사업가로서 또 다른 성공을 거머쥔 나는 저 간판을 떼버리고 다른 간판을 달았다. 그것은 바로 '더불어 함께 사는 사회'이다. 지금 나는 '더불어 함께 사는 사회'라는 또 다른 성공을 위하여 달려가고 있다.

그것은 사업적인 성공만이 아닌, 세상적인 성공만이 아닌, 바로 사회를 위해 나를 내려놓고 헌신하는 제2의 성공이다. 타인을 위한 성공이다. 나는 세상에서 성공을 해나가면서 나 혼자 부를 축적하는 것만이 성공이 아님을 점점 깨닫게 되었다. 베풀며 살아가는 것. 남을 도우며 살아가는 것. 궁극적으로 이 세상과 대한민국에 많은 도움을 주며 살아가는 것이 진정한 성공임을 깨닫게 되었다.

베풀면서 살면 반드시 누군가는 도움을 받는다는 걸 깨달았기 때문이었다. 베풂에는 내가 느껴보지 못했던 진정한 기쁨이 있었다. 세상에 공짜는 없는 만큼, 그렇게 베풀면서 살다 보면 언젠가 내가 아닌 우리 사회에 모두 이익이 돌아올 것을 난 믿는다.

또 다른 도전

패션 사업가에서 유선방송의 선구자로 변했던 나는 지금 호텔 사업가로 새로운 변신을 시도하고 있다.

우리나라 호텔업계는 세계적으로 유명한 브랜드를 지닌 특급호텔과 1급 수준의 관광호텔을 제외하고는 내국인이 부담 없이 가족과 함께 즐길 수 있는 호텔들이 많지 않다. 그 외에 호텔들은 일반호텔이 아닌 러브호텔인 경우가 많으며, 이 호텔들은 아무래도 가족과 함께 즐기기엔 무리가 많다. 결국 가족들이 즐겁게 지낼 수 있는 호텔이란 너무 비싸서 즐길 엄두조차 내지 못하는 비싼 호텔뿐인 것이다. 이처럼 우리나라의 호텔업계의 사정은 내부적으로 열악하다고 할 수 있겠다.

그에 비해 일본의 호텔은 가족과 부부가 이용하는 호텔이 굉장히 많다. 아마 열악한 주거환경 때문일 것이다. 주로 15평 미만의 작은 집에서 살아가는 일본인들은 일에 지쳐서 쉬어가고 싶을 때 호텔을 이용한다. 부부간의 사랑을 확인하고 일에 지친 몸과 마음을 휴식하는 장소로 호텔을 이용하는 것이다.

그러나 우리나라의 호텔은 이상하게도 가족보다는 다른 일(?)에 관심을 갖는 사람들이 주로 이용하는 경우가 기하급수적으로 늘게 되었다. 그러다 보니 호텔 건축을 행정당국에서 법적

송탄 메트로관광호텔

으로 허가받아 지역구에 설치하려고 했으나 지자체에서 맹렬히 거부해 호텔 건축을 못하게 된 경우도 적지 않다. 아이들에게 좋은 볼거리가 못 된다는 이유에서 부모들이 거센 시위와 항의를 했기 때문이었다.

나는 호텔업을 시작하기 전, 일본의 호텔 경영 방식과 건축, 인테리어를 파악하기 위하여 건축사와 건설회사 사장, 현장소장과 함께 일본 신주쿠에 있는 호텔을 방문했다. 그리고 그곳 호텔의 이용자와 관리 상태, 내부 시설을 철저히 파악하고, 경영자와의 체인시스템을 구축하여 우리나라 호텔의 이미지를 바꾸기로 하였다. '러브호텔'이라는 오명을 벗고, 한국에서도 부부와 가족이 이용하는 호텔이 되도록 내가 앞장서서 일본의 선진 경영 방식을 도입하기로 한 것이다. 우리나라도 이젠 선진국처럼 건전한 호텔 문화가 뿌리내려야 한다.

나는 현재 이러한 취지에서 송탄 메트로관광호텔을 설립하여 운영하고 있다. 2003년 9월 일반호텔로 오픈하였으나 혁신적인 서비스를 실행하고 품격 높은 인테리어 및 가구로 호텔의 모든 방에 리뉴얼 공사를 시행함에 따라 2011년 10월 관광호텔로 승격하게 되었다. 앞으로도 송탄 메트로관광호텔은 높은 품질과 서비스로 고객을 대하고, 러브호텔이 아닌 건전한 호텔로서 가족이 이용할 수 있는 품격 높은 호텔 서비스를 제공하고자 노력할 것이다.

Part 2

뜨거운 가슴으로 정치를 안다

눈물 없는 삶. 언젠가 그런 세상이 올 날을 기다리며
나는 사람들의 눈물을 닦아주기로 마음먹었다.

난 서울에서도 이제 어엿한 어른으로, 중산층을 넘어 성공한 CEO로서 자리 잡고 있었다. 많은 고난이 있었지만 결국 난 성공할 수 있었다. 그러나 서울은 여전히 치열한 삶이 존재하는 곳이었다. 나는 넓은 아파트에 살고 있었지만 내가 처음 서울로 상경했을 때처럼, 여전히 좁은 곳에서 힘겨운 삶을 유지하는 사람들이 있었다.

나는 생각했다. 서울은 바다처럼 짠 곳이라고. 그리고 그것은 서울의 많은 사람들이 힘겹고 각박한 삶 속에서 눈물 흘리기 때문이라고. 이제 나는 성공만이 아닌 다른 사람들의 눈물을 돌봐주는 사람이 되고 싶었다. 눈물이 없는 세상을 만들고 싶었다.

그래서 정치에 도전했다. 정치는 분명 힘든 일이었지만, 올바른 정치를 할 수만 있다면 사람들의 눈물을 닦아줄 수 있으리라고 생각했다. 정치를 하자 비로소 난 깨달을 수 있었다. 인생은 성공만이 전부가 아니라는 것을. 서로 돕고 살며 서로의 눈물을 닦아주는 것. 그것이 인생의 목적이라는 것을.

그렇게 정치에 뛰어들자 나는 비로소 이것이 나의 천직임을 발견할 수 있었다. 이것이 내가 해야 할 일이었다. 드디어 나의 심장이 머무를 곳을 발견한 것이었다.

– 연어의 심장

심장이 뛴다

민족의 평화통일을 위하여

내가 어릴 적, 초등학교를 다니던 시절만 하더라도 6·25 전쟁의 상흔이 아직 가시지 않았을 때였다. 전쟁의 상처 때문에 나라는 가난했고, 사람들은 전쟁에 대한 막연한 두려움을 갖고 있었다. 빨갱이라는 단어만 들어도 쉬쉬하는 시대였다. 때로 소수의 정치인들은 사람들이 갖고 있는 전쟁과 적화통일赤化統一에 대한 두려움을 이용하여 빨갱이를 정치적 목적에 사용하기도 하였다.

그러나 한편으로 서거逝去하신 김구 선생의 뜻을 따라 평화적 남북통일을 염원하는 많은 중도파들도 있었다. 나 또한 그런 영향을 받으며 자라났기에 자주평화통일에 대한 염원을 어렸을 때부터 막연하게 가지고 있었던 것 같다.

한국일보를 열심히 다니고 있을 때였다. 1981년 우리 민족의 평화적 통일을 실현시키기 위한 민족통일협의회(이하 민통)가 민간의 주도하에 발족되었다. 민통은 민간이 주도하여 만든 초당적 사단법인으로서 대북한 민간창구기능을 수행하였고, 통일기반조성을 위하여 민간차원에서 통일의지를 널리 확산시키고 깊이 뿌리내리도록 만드는 데 그 의의가 있었다.

민통이 발족됨에 따라 나도 한국사회의 일원으로서 통일을 위하여 힘써야겠다는 생각이 다시금 불타오르기 시작했다. 나는 가족을 지키고 사랑하는 한 사람의 가장이기도 했지만 조국을 사랑하고 민족통일의 염원을 간절히 바라던 한 사람의 애국자이기도 했다.

이에 나도 84년 민통에 들어가 활동을 시작하였다. 나는 민족통일협의회 강동구 협의회 간사장(=운영위원장)으로 발탁되었고, 박태섭 회장님을 모시고 강동구 내에서 평화통일을 위하여 열심히 활동을 하였다. 민통이 하는 주요 사업은 크게 7가지가 있다.

첫째. 통일준비를 위한 전국대회 및 지역대회를 개최한다.
둘째. 평화통일을 위한 서명운동을 벌이고 대북성명 및 메시

민족통일협의회 간사장으로 사회진행하는 모습

지를 발표하는 등 남북대화추진사업을 진행한다.

셋째. 초·중·고등학교에서 통일문예작품을 공모하여 미래의 세대에게 통일과 자주통합에 대한 민주의식을 고취한다.

넷째. 토론회·학술대회·세미나 및 민족통일촉진대회를 개최하여 대학생 및 일반인의 통일의식 고취에도 힘쓴다.

다섯째. 통일원 통일안보 및 통일위탁연수 활동을 추진한다.

여섯째. 통일장학금 지급 등 통일기반·주도세력 육성사업을 한다.

일곱째. 이산가족 상봉을 추진하며 이산가족 사진현상모집, 통일서화전·북한사진전 등을 개최한다. 그 밖에 통일설문조사, 통일문고·월간 《통일》·《북한편람》 발간 등의 연구조사 사업과 출판사업 및 주요사업을 위한 기금조성 사업을 한다.

나는 강동구 내에서 이러한 민통의 주요 사업들을 개최하고 추진하는 데 최대한 힘써왔다.

그러던 중, 나는 91년 지방선거의 부활로 말미암아 구의원에 출마하여 당선되었고, 그로 인하여 자연스럽게 평화통일정책자문회의(1987년 이름이 바뀌어 현재까지 '민주평화통일자문회의'로 활동하고 있다)의 위원으로 평화통일을 위해 일하게 되었다. 평화통일정책자문회의(이하 평통)는 대통령 직속기관으로서 기초의원과 광역의원은 당연직으로 평통에 속하여서 일하게 된다.

평통은 대통령이 의장이 되는 대통령 직속기관으로 평화통일정책의 수립에 관한 대통령의 자문에 응하기 위해 1981년 5월 7일 설치된 기관이다. 평통은 국민의 통일의지를 성실히 대변하여 대통령에게 건의하고 자문에 응할 수 있는 인사 중에서 대통령이 위촉하는 7천 인(국민이 선출한 지역 대표와 정당 직능단체, 주요사회단체의 대표급 인사) 이상으로 구성된다. 평통이 하는 주요 사업은 크게 다섯 가지가 있다.

첫째. 민주 시민을 대표하여 세워진 7천 인과 대통령이 함께 회의를 열고 대북정책 자문 및 건의를 하여 평화통일의 방법과 평화통일 건립에 대하여 논의한다.

둘째. 국민적 합의와 지지를 기반으로 한 일관적인 통일정책 수립을 위한 통일여론조사를 실시한다.

셋째. 통일 및 남북관계 현안문제에 관해 정치·경제·사회·문화 각계 전문가 100명을 대상으로 하는 통일 모니터링을 실시한다.

넷째. 통일 및 남북관계 현안에 관한 전문가 회의를 개최한다.

다섯째. 해외 교포사회의 통일역량 결집을 위한 국제세미나 개최를 한다. 그 밖에 매월 기관지 《통일시대》를 발간한다.

나는 평통에 속하여서도 민통 때처럼 열심히 활동하며 국민들에게 평화통일에 대한 의식을 고취시키는 데에 최선을 다하였다. 또한 여러 가지 일을 수행함으로써 평화통일에 대한 기반을 조성하는 데 앞장섰다. 그 결과, 조국의 통일에 기여를 한 활약상을 인정받아서 나는 김대중 대통령에게 표창장을 받을 수 있었다. 할 일을 했을 뿐이라 생각했는데, 이렇게 직접 대통령에게 표창을 받게 되니 감개가 무량했다.

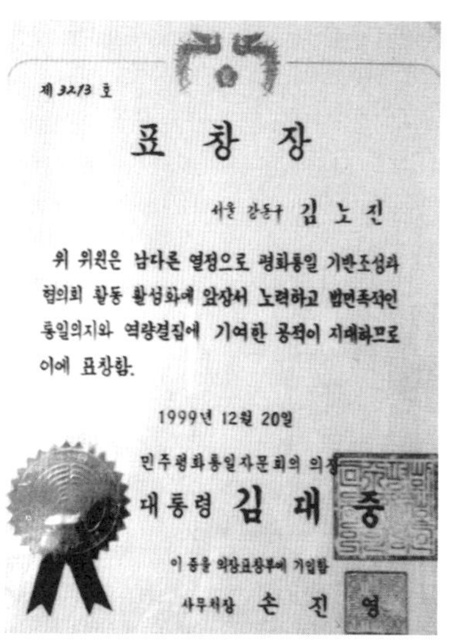
제 32/3 호

표 창 장

서울 강동구 김 노 진

위 위원은 남다른 열정으로 평화통일 기반조성과 협의회 활동 활성화에 앞장서 노력하고 범민족적인 통일의지와 역량결집에 기여한 공적이 지대하므로 이에 표창함.

1999년 12월 20일

민주평화통일자문회의 의장

대통령 김 대 중

이 증을 의장표창부에 기입함

사무처장 손 진 영

평통 활동으로 받은 대통령 표창장

남과 북은 한 핏줄로 이루어진 운명공동체이다. 난 남북이 반드시 언젠가는 통일될 것이라 믿는다. 또 그렇게 되어야만 한다. 그렇기에 우리는 지금부터 통일을 준비해야만 한다. 통일에 대한 성숙한 의식과 준비된 자세는 앞으로 다가올 통일 대한민국의 미래를 한 걸음 더 앞당길 수 있을 것이며, 또한 통일 대한민국의 발전에도 귀한 자산이 되어줄 것이다.

민족을 사랑하는 마음으로

유선방송사업을 시작하고 사업이 서서히 정상화에 오르게 될 쯤, 우리나라에서도 드디어 군사정권이 사라지고 민주화의 봄이 찾아오게 되었다. 87년 12월, 13대 대통령 선거는 바로 민주화의 봄을 맞이하는 큰 역사의 전환점이었다. 대선후보로는 집권당인 민정당의 노태우, 제1야당인 통일민주당 김영삼, 제3당인 평화민주당 김대중, 신민주공화당 김종필 후보가 각축을 벌이는 1노 3김의 큰 구도가 형성되었다.

집권당 노태우는 전국적인 조직과 경상북도를 주요 지지기반으로 했다. 김영삼은 부산 경남과 제1야당의 후보라는 명분을 갖고 있었다. 김대중은 호남의 굳센 기반을 갖고 있었으나 불출마 선언을 번복한 부담을 안고 있었다. 김종필은 충청권을 지지기반으로 하고 있었으나 지지도에서 열세였다.

국민들은 군사정권 청산을 염원했다. 김영삼, 김대중 양대 민주세력 지도자의 후보 단일화를 기대하고 열망했다. 그러나 이는 요원한 일이었다. 두 정치인 모두 성장과정과 정치입문과정, 정치 성향 등이 판이하게 달랐기 때문이었다.

어떤 정치평론가들은 양김이 결합하는 게 김건모와 설운도가 듀엣을 결성하는 것보다 더 힘든 일이라고 날카로운 일침을 날리기도 하였다. 결국 국민의 바람과 달리 양 김은 후보 단일화를 이루지 못한 채 각각 출마하고 말았다. 국민들은 투표일 하루 전날까지도 후보 단일화에 대한 기대감과 아쉬움을 버리지 못했다.

그리고 결국 군사정권의 한 축이었던 노태우 후보가 당선되었다. 양 김이 국민의 기대에 부응하지 못한 것이었다. 20년이 지난 2008년, 김대중 전 대통령은 자신의 정치사에서 못 잊을 87년 때를 회고하며 이런 말을 했다. “그때 YS에게 양보했어야 했다.” 지근인사들을 통해 회한을 토로한 것이다.

그 당시 나는 강진의 토박이로서 당연히 제2야당이었던 평화민주당의 김대중 후보를 지지하였다. 호남 사람은 돈을 주든 안 주든 무조건 민주당을 지지한다는 것은 변함없는 사실이었다. 호남 사람에게는 알지 못할 민주당에 대한 뜨거운 사랑이 있었다. 나는 평화민주당의 청년조직인 민주연합청년동지회(연청)에 들어가서 활동하기로 마음을 먹었다. 나 또한 김대중 후보에 대한 마음이 강렬하였다. ‘이 사람은 어떻게 해서든 당선되어야 한다.'는 생각이 내 머릿속을 지배하고 있을 때였다.

나는 평화민주당의 정진길 위원장의 부름으로 민주연합청년동지회(연청) 강동지부 회장으로 임명받아 서울 내에서 본격적인 현실 정치 활동에 들어갔다. 대선이 코앞으로 닥치면서 야당은 여당의 모든 조직적으로 불법을 행하는 것과, 타락선거 방지에 부심했다.

정진길 위원장께서도 나에게 신신당부하시며 청년들이 부정선거를 막아야 한다는 지시와 당부를 몇 번이나 했다. 군사정권을 종식하고 문민정부를 수립해야 한다는 역사적 사명감이 내 안에도 불타오르고 있었기에 나는 내 모든 힘을 쏟아부어서 부정선거를 막기 위해 이리저리 돌아다녔다.

그러나 그럼에도 불구하고 여당과의 대립이 극심한 상황이었기에 부정선거를 막는 것이 쉽지 않은 눈치였다. 하루는 연청사무실에 도둑이 들어서 우리가 조사했던 여러 정치활동과 관련된 모든 물건을 싹 훔쳐간 적도 있었다. 우리의 활동을 제한하기 위해서 조직적으로 행한 것이었으리라.

우리와 다른 제1야당의 청년조직인 중앙청년위원회 사무실에는 하루아침에 불량배가 들이닥쳐서 청년들을 아주 묵사발로 만들어 버리고는 도망치는 경우까지 있었다. 그 사건은 조선일보 등 주요언론에 보도되었다. 13대 대선에서 일어난 대표적인 폭력사건이었다. 다행히 우리 사무실에는 그런 일까지 일어나진 않았지만 선거 전날까지 긴장감을 늦출 수 없는 나날이 계속되었다.

그러나 아쉽게도 양김은 단일화에 실패하였고 노태우 후보가 대통령이 되었다. 김대중 후보에 대한 아쉬움을 감출 길 없던 때였다. 그렇게 처음 정치활동에 뛰어든 나는 쓴 패배감을 맛보아야 했다. 그러나 그것이 끝이 아니었다. 나에겐 아직도 민주화에 대한 강한 열망이 남아 있었고, 연청 강동 지부장으로서 눈부신 활약을 보여준 나를 정진길 위원장은 눈여겨보고 있었다.

새로운 바다에 뛰어들다

정치에 대한 강한 열망을 마음속에 담아두고 다시 사업에 열중하던 1991년, 지방자치 선거가 30년 만에 부활하게 되었다. 그 누구도 예기치 못한 역사적, 정치사적 대전환이 일어난 것이었다.

91년 초 정치권은 요동쳤다. 2월 민정당과 민주당, 신민주공화당 3당이 전격 합당하여 초대형 집권여당이 출범하게 된 것이다. 정치권에 대변혁을 알리는 지진이 일어난 것이나 다름없었다. 이에 내가 지지했던 평화민주당의 김대중 후보는 3당 합당을 반대하는 단식투쟁에 들어갔다.

단식투쟁이 얼마나 집요했는지 40년 라이벌이었던 YS가 DJ를 병문안하기도 했다. 결국 3당 합당의 현실적 인정, DJ의 단식중단의 타협점이 지방자치제의 부활로 이어졌다. 그리고 그해 6월부터 단체장을 제외한 지방의회 의원을 주민들이 직접 뽑는 지방자치시대가 열리게 되었다.

지방자치란 지방 행정부의 정책결정에 그 지방 주민들로 하여금 집행결과를 평가할 수 있는 기회를 주어 지역에 알맞게 적용하도록 권한을 주는 것이다. 그리고 그로 인하여 그 지역의 발전과 정치 및 사회전반에 적극적이고 능동적으로 참여하는 주인의식을 심어주는 데 큰 의미가 있는 정책이었다.

나는 지방자치제의 부활 이후 한 통의 전화를 받게 되었다. 정진길 위원장의 전화였다. 정진길 위원장은 내게 구의원에 출마해보라며 직접 정치에 뛰어들 것을 권하였다. 그리고 나는 고민 끝에 정치계에 뛰어들게 되었다. 비록 정치를 해야겠다고 철저한 계산 속에 입문한 것은 아니지만 이제 나도 사업가로서의 꿈을 키워가는 한편, 주민자치 생활 속에서 남은 시간 내가 사는 지역에 봉사하는 사람이 되고자 했다. 이젠 내가 직접 민

강동구의회 선거 홍보용 종이

주화의 바람을 일으키는 현장에 서있기로 결심한 것이다.

나는 그렇게 평화민주당 강동(갑) 지구당의 정진길 위원장과 상의하여 출마를 결심했다. 지구당 부위원장인 선배 양현민의 도움으로 강동(갑) 지구당 연청회장으로 정치에 입문하여 암사 1동 구의원에 출마하였다. 선거사무장에는 김헌태 선배를 선정했다. 당시 등록을 마친 후보로는 박성직 씨, 신언덕 씨, 조창상 씨 등 나까지 네 사람이었다. 네 사람 모두 선관위에 등록을 마치고는 지역 일꾼이 되겠다고 서로 열심히 뛰기 시작했다.

그러나 나는 처음 현실 정치인으로서 뛰어든 터라 마음만 바쁠 뿐이었다. 다른 누군가의 선거를 돕는 것과 내가 직접 정치인이 되어 나를 홍보하는 것은 완전히 다른 일이었다. 열심히 뛰어다녔지만 이것이 득표와 연결되는지는 도저히 감을 잡을 수가 없었다. 그러나 한편으로는 여유가 있었다. 당시 민정당 후보는 셋이고 나만 평민당 소속의 후보이니 유권자가 당을 보고 투표한다면 당연히 노란색의 평민당 후보를 찍을 것임을 믿고 있었기 때문이다.

선거가 시작되고 일주일이 지나 해태놀이터에서 첫 번째 연설회를 하는데 모두가 연설이 처음인 터라 서로 열심히 외쳤지만 누구 하나 특출나게 잘하는 사람이 없어 보였다. 서로 도토리 키재기를 한 것처럼 연설을 한 것이다.

그렇게 연설회가 끝나고 삼 일쯤 지났을 때 민정당 후보 세 사람 중 한 사람인 조창상 후보가 사퇴를 했다. 암사 1동은 인구가 강동구에서 제일 많아 동인구가 4만 명이 넘으니 세 명의 구의원을 뽑도록 법으로 정해져 있었다. 그러니 자동으로 남은 세 후보가 무투표 당선이 된 것이다.

그렇게 나는 최연소로 강동구의원에 발탁되었고, 1991년 4월 15일 강동구의회가 드디어 개원하게 되었다.

구의원에 당선되어 당선증을 받는 장면

강동구를 가슴에 안고

가장 목마른 것을 채워야 한다

1991년 구의원이 되고 나니 해야 할 일이 너무나 많았다. 영세한 주민에게는 희망과 온정을 심고, 낙후된 지역은 개발하여 문화생활의 기반을 다져야 하며, 노인정 보육원 등 골목길 하나도 빠짐없이 부족한 것은 없는지 어디 무너진 곳은 없는지 살펴보았다. 또 자기 집과 자신밖에 모르는 이기적인 주민에게는 장시간 대화를 통하여 동네 전체에 애착을 갖도록 설득을 해야 했다.

한편으로는 기쁨도 있었다. 수많은 주민들의 크고 작은 민원과 복지사회로서의 기반조성, 열악한 교육환경 개선 등을 정책에 반영하여 예산을 확보하고, 하나하나씩 주민의 요구를 이뤄 가니, 동네가 나아지는 것을 보면서 사람들은 저마다 내게 감사를 표해주었다.

나는 우선 암사 1동의 분리를 강력히 추진하였다. 당시 우리나라 동 지자체 중 가장 인구밀도가 높은 동네가 암사 1동이었다. 도저히 동 하나로는 모든 인구를 커버할 수 없을 만큼 암사 1동은 동네도 크고 사람도 많았다.

그러다 보니 행정상으로 진척이 되지 않는 일들이 발생하곤 했다. 동네 주민들의 요구를 다 받아줄 수 없을 만큼 구가 커서 구의원이 모든 일을 다 처리할 수 없었기 때문이었다. 결국 나의 건의 끝에 암사 1동은 암사 4동을 새로 분리하여 만드는 것으로 합의하게 되었다. 그리고 나는 새롭게 생겨난 암사 4동의 의원이 되었다.

암사 4동의 의원으로서 우선 나는 암사 4동의 동사무소 신축을 건의하고는 의회에서 이를 통과시켰다. 암사 4동이 새로 생긴 터라 임대청사를 사용하여서 제대로 된 행정업무를 볼 수 없었기 때문이었다. 암사 4동의 새로운 동사무소가 생기는 동안 임대청사에서 나는 주민들의 요구사항을 하나하나 면밀히 살피기 시작했다.

구의원 시절 상임위원회에서 질의하는 모습

당시 암사 4동은 천호동, 성내동과 더불어 서민들이 집중적으로 밀집되어 있는 곳이었다. 암사 4동은 그때 있었던 강동구 도시계획구획지역에서 제외된 구역이었기에 어쩔 수 없이 낙후된 지역이 될 수밖에 없는 한계가 있었다. 그러나 그렇다고 해서 스스로 개발을 포기할 수는 없었다. 도시개발 구역에서 제외됐다고 하여도 주민들의 요구를 마냥 무시할 수는 없었다. 나는 암사 4동의 의원으로서 무엇이 가장 주민들에게 필요한지 고민하기 시작했다.

우선 시민들이 가장 먼저 내게 요구한 것은 바로 교육시설이었다. 새롭게 만들어진 암사 4동에는 어린이집이 하나도 없었고 중, 고등학생들이 공부할 만한 독서실 또한 하나도 없었다. 새로 태어나는 아이들에게까지 가난함을 물려줄 수는 없었다.

가난에서 벗어나는 힘. 그것이 공부라는 것을 누구보다도 시민들 스스로가 잘 알고 있었던 것이다.

나는 모든 행정 업무에서 최우선적으로 어린이집을 만드는 데 힘쓸 것을 당부하였다. 그렇게 열심히 업무를 추진한 결과, 당선된 91년에 곧바로 260여 평의 사유지를 사들여 어린이집의 건설을 시공할 수 있게 되었다. 이름은 '개나리 어린이집'이라 하고 1년 후인 92년에 이를 완공하여서 100여 명의 아이들이 어린이집에서 교육을 받을 수 있도록 하였다.

두 번째로 내가 추진한 것은 바로 독서실이었다. 어린 아이들의 미래와 더불어 이미 자라나고 있는 청소년들의 미래 또한 동에서 책임져야만 했다. 아이들이 자기 동네에 공부할 곳이 없어서 다른 동네에 가서 공부를 하고 학원을 다니는 것을 보고 있기가 너무 안타까웠다. 나는 약 4억여 원의 추가예산을 확보해서는 개나리 어린이집의 2층과 3층을 증축하여서 그곳을 독서실로 만들게 되었다.

드디어 주민들의 숙원이 풀리는 순간이었다. 아이들은 대한민국의 미래다. 그 미래를 이제 우리 동네에서 지켜나갈 수 있게 됐다고 생각하니 너무나 가슴이 뿌듯하였다.

희망과 따뜻함을 채운 암사 4동

교육시설 다음으로 주민들이 가장 큰 숙원사업으로 바라고 있는 것이 바로 도시가스였다. 당시 주로 썼던 석유난로나 석유 보일러는 난방비가 매우 비싸서 서민들이 쓰기에 적절하지 않았다. 가격이 싼 연탄이 있었지만 연탄은 번거로운 데다가 가스 중독의 위험성이 존재하고 있었다. 연말과 연초마다 터져 나오는 연탄가스 사고가 시민들의 마음을 안타깝게 만들곤 했던 때였다.

그에 비해 도시가스는 난방비가 석유난로와는 비교도 안될 만큼 가격이 쌀뿐더러 연탄보다 편리하고 안전하였다. 당연히 모든 주민들이 도시가스를 빨리 설치를 해주었으면 하고 바라고 있었다.

이때 서울시에서는 국책으로 도시가스 추진 사업을 한창 열심히 시작하고 있었고, 나는 이때를 틈타 암사동에 제일 먼저 도시가스 추진을 해줄 것을 서울시에 강력하게 건의하였다. 얼마나 열심히 뛰고 항상 틈만 나면 말했는지 결국 난 암사동의 도시가스 추진위원장을 맡게 되었다.

도시가스 추진위원장으로서 나는 삼천리 도시가스 회사를 찾아가 끈질기게 설득한 끝에 암사 4동부터 도시가스를 설치하기 시작하여서 그 91~92년 두 해 동안 약 10억여 원의 예산을 사용하여 도시가스 3,200세대를 설치하였고, 그 이후 2년 동안 암사동에 도시가스 보급률을 70%까지 끌어올릴 수 있게 되었다.

또한 사업가 정신을 발휘하여 협상을 잘해낸 끝에 다른 어떤 지역보다도 합리적인 가격에 도시가스를 설치할 수 있게 되었고 이는 곧바로 암사동의 예산을 절감하는 효과를 가져오게 되었다.

그렇게 도시가스 추진을 하며 도시가스를 설치할 동네를 구석구석 돌아다니다보니 난 암사 4동에서 도시구획 정리가 미흡하고 도로사정이 좋지 않은 점을 보게 되었다. 동사무소 앞 도로가 공용 도로임에도 불구하고 개인이 땅 소유를 가지고 있어 수도관 통과 및 하수관 매설을 하려면 항상 지주와 언쟁을 벌이고 싸워야 하는 등 불편이 적지 않았다.

난 그래서 도시구획 정리의 일부분으로 도로를 지주에게 구입하기도 하였고 너무 도로가 좁아 교통이 불편한 지역은 확장하고 명일초등학교 쪽에 없었던 도로를 새로 신설하여서 주민들의 편의를 고려하기도 하였다.

그밖에 불이 나면 소방차가 들어올 수 없는 지역도 무척이나 많았다. 도시계획으로 세워진 곳이 아니었기에 중구난방으로

구의원 때 도시가스를 추진하기 위하여 시정질의하는 모습

집이 세워져 있고, 길도 제멋대로 나있는 까닭이었다. 나는 도시가스 추진사업 이후로 최우선적으로 소방도로를 확보하려고 노력하였다. 좁은 길을 트고, 소방차가 빨리 들어갈 수 있는 효과적인 길을 새로 만들어서 아무리 구석지고 협소한 곳이라도 소방차가 그 어느 곳까지라도 들어갈 수 있도록 도로를 확장하였다.

이외에도 나는 노후된 상수관을 교체하여 안정적인 수압은 물론 깨끗한 수돗물을 암사 4동에 공급할 수 있게끔 만들었다. 녹물이 나와서 수돗물을 쓰기에 너무 불편했다는 주민들의 불편사항은 그 이후로 모두 사라지게 되었다. 하수관 또한 노후했기에 새로 바꾸었다.

주민들은 이렇게 일한 나에게 감사를 표해주었다. 열심히 일했다며 내가 지나갈 때면 나를 알아보고는 손을 붙잡고 고마움을 표해주었던 것이다. 그럴 때면 나도 가슴이 찡해서 한참 동안이나 그 손을 맞잡고는 불편한 것이 없는지 물어보고 다시 시민들에게 나를 맞추려고 노력했다.

다 똑같은 사람인데

지금은 그렇지 않지만 과거에는 장애인들에 대한 좋지 않은 인식이 꽤 많았다. 90년대만 해도 아침에 장애인을 보면 재수가 없다는 이야기가 사회에 널리 퍼져있을 때였다. 그 외에도 여러 사람들이 길가에서 장애인들을 마주치면 멀찍이 떨어져서 걷곤 했다. 물론 안 그런 사람들도 있었지만 많은 사람들이 그랬고, 당시 사회의 풍토가 그러했다.

장애인들이 탈 수 있는 버스는커녕, 지하철에 엘리베이터와 에스컬레이터도 없었기에 장애인들은 대중교통을 이용하는 것도 거의 불가능했다. 부끄럽지만 장애인들을 위한 배려가 사회에 존재하지 않던 시절이었다.

그랬기에 장애인이 자신들의 힘으로 벌어 먹고산다는 건 거의 불가능한 일이나 마찬가지였다. 장애인들이 할 수 있는 것이란 가족의 도움을 받아서 하루하루를 연명하고 살아가는 것이 고작이었다. 나는 이런 사회의 풍토를 고치고자 하였다. 장애인들도 같은 사람이지 않는가? 그들도 똑같은 암사 4동의 주민이었다.

그렇게 해서 나는 장애인 자립장을 암사 4동 내에 마련하려고 의회에 장애인 자립장을 신청하였다. 그러자 다른 의원들의 반발이 있었다. 다른 할 일이 많은데 무엇하러 많은 예산을 들여서 장애인들을 위한 시설을 짓느냐는 것이었다.

그러나 나는 강력하게 장애인 자립장 설치를 의회에서 지속적으로 건의하였다. 그들도 같은 주민이라는 것이었다. 평범한 사람들과 같이 암사 4동에 살아가는 사람인데, 그들은 주민이 아니면 누구이냐고, 주민의 숙원을 우리가 들어주지 않으면 누가 들어줄 수 있느냐고 나는 강하게 따졌다. 같은 주민들을 위한 사업이라며 강하게 의회를 설득시킨 결과, 결국 장애인 자립장 설립이 통과될 수 있었다.

장애인 자립장은 말 그대로 장애인들이 스스로 돈을 벌어서 먹고살 수 있도록, 장애인들이 자립할 수 있게 해주는 곳으로서, 주로 단순 전자제품 조립을 하는 시설이었다. 지금으로 말하자면 일종의 사회적 기업Social Enterprise으로서 현재 유행하고 있는 '기업의 사회적 책임' 즉 CSRCorporate Social Responsibility을 실천한 최초의 기업이었던 셈이다. 생각해보면 그때 당시에는 사회적 기업이라는 단어조차 없었던 시절이고 장애인들을 위한 시설을 만든다는 것도 생소하던 시절이었다. 먼 미래를 내다보고 청사진을 그려낼 줄 알았던 나의 특기와 자질이 또 한 번 발휘된 순간이라고 할 수 있겠다.

건물을 만들고 장애인 자립장의 시스템과 구조를 만들 때도 나의 사업가적 자질은 빛을 발했다. 큰 사업을 해본 수완으로 말미암아 능숙하게 장애인 자립장을 만들고 스스로 회사가 굴러갈 수 있게끔 만들어놓았기 때문이었다.

장애인 자립장이 완성되고 장애인들이 자신들의 힘으로 먹고 살 수 있게 된 걸 보면서 그때만큼 기쁘고 행복했던 적이 얼마나 있었나 돌이켜보곤 한다. 장애인들의 어머니가 동사무소로 찾아와 감사하다며, 나에게 몇 번이고 인사를 하는 것이 황송하여서 알겠다고, 그만 인사하셔도 괜찮다고 한 적도 몇 번이나 있었다. 또 막상 장애인 자립장이 완성되어서 잘 돌아가며 이익을 내는 모습을 보고 나니 딴죽을 걸고 태클을 걸며 구시렁거렸던 다른 의원들도 더 이상 뭐라고 하지 않았다.

이렇게 나는 정신없이 4년의 구의원 시절을 보내었다. 최우선적으로 주민들의 요구에 맞춰서 열심히 뛰었던 보람찬 시간들이었다. 지금도 암사 4동에 사는 주민들은 나를 기억하고는 내가 그곳을 지나갈 때 그때 참 열심히 해주었다며 고맙다는 인사를 해주곤 한다. 그때마다 참 기쁨을 느낀다.

내가 혼자 일한 시간이었다고 생각하진 않는다. 내가 구의원으로서 한 일은 나를 믿고 도와주고 격려를 아끼지 않은 암사 4동 주민 모두가 해낸 일이라고 생각한다. 암사 4동 주민들에게 감사를 드리고 싶다. 또 나를 정치에 입문하게 해주시고 구의회 임기를 잘 마치도록 나를 끝까지 도와주셨던 정진길 위원장에게도 감사드린다. 그리고 김헌태 사무장과 그 외 많은 분들에게 다시금 감사를 드리는 바이다.

절대 포기하지 않는다

시민의 꿈을 품고

95년 6월 27일, 제4대 서울시의원 선거를 비롯한 4대 지방의회와 단체장 선거가 동시 실시되기로 결정되었다. 나는 강동구 시의회, 도시건설 위원장으로 임기를 마치고 서울시의원에 출마하게 되었다. 그러나 안타깝게도 떨어지고 말았다. 패배의 쓴 맛을 본 것이었다.

그러나 내가 누군가? 패배의 쓴 맛에도 나는 당당했다. 이미 실패라는 것은 많이 겪어본 터였다. 그래서 난 알고 있었다. 실패보다는 실패 뒤에 다시 일어나는 것이 훨씬 중요하다는 것을.

나는 낙선 이후, 14대 호남 향우회장 선거에 출마하여 당선되었고 이후 연임하여서 15대 호남 향우회장을 맡게 되었다. 나는 호남 향우회장으로 활동하며 호남 사람들의 우애를 다지는데 힘썼다. 95년 당시만 하더라도 강동구 호남 향우회는 각 동까지 향우회가 퍼져 있지 않은 상태였다. 구 단위로 드문드문 사람들이 모이고 있었고 각 동까지 향우회가 널리 퍼져서 활동하고 있진 않았다.

나는 고향에 대한 그리움이 있었고, 호남 향우회가 이대로 쇠퇴해서는 안 된다는 생각을 갖고 있었다. 그래서 내 사비를 투자하여서 강동 호남 향우회를 발전시키기로 마음을 먹었다. 모임마다 강동 호남 향우회의 중요성을 강조하였고, 호남인이라면 누구나 향우회에 참여해야 하는 것임을 잊지 말자고 항상 뜨겁게 외치곤 했다.

나는 내가 직접 낸 사비로 새로운 모임을 짜서 모임을 활성화하기 시작하였다. 새로운 조직과 모임을 만드는 데에 수천만 원이 들어갔지만 나의 애향심과 고향사랑을 막을 수는 없었다. 그렇게 난 1년에 두 번씩 야유회를 추진하고 봄가을로 매년 체육대회를 추진하였다. 그리고 매 모임마다 최선을 다해 사람들을 즐겁게 해주려고 노력했다.

모임이 많아지고 즐거워지자 자연스레 사람들의 결속력도 높

강동호남향우회 송년회

아지기 시작했다. 모이는 사람들의 결속력이 높아지자 호남 향우회에 대한 사람들의 정이 깊어졌고 그에 따라 자연스럽게 호남 향우회의 사람들이 늘어났다. 결국 원래 300명 수준이었던 강동 호남 향우회는 내가 호남 향우회장을 마칠 때쯤엔 4,000명까지 늘어나 있었다. 그리고 동 단위까지 호남 향우회가 확장되어서 강동구의 각 동에서 개별적으로 호남 향우회 모임이 발생하는 효과까지 나타나게 되었다. 단순히 숫자로만 보아도 호남 향우회의 크기를 10배로 만든 엄청난 일이었다.

그렇게 꾸준히 강동 호남 향우회를 해온 결과, 그 업적을 인정받아서 나는 당내 경선 없이 심재권 위원장의 추천을 받아 김대중 총재로부터 공천장을 받고 평화민주당 단독 후보가 되어 5대 시의원 후보로 나가게 되었다.

그러나 상대는 한나라당의 김성환 재선후보. 나에겐 버거운 상대였다. 이미 서울시의원으로 3대에 당선된 경험이 있었으며 당시 천호동, 강동에서 최고의 갑부로 명맥이 높은 사람이었다. 거기에다가 상대는 천호동 토박이기도 했다. 그런 면에서 여러 가지로 나는 상대에게 뒤처졌다. 상대보다 재력은 물론 경험도 부족하였고 지역 사회에 대한 경험까지도 부족한 처지였다. 상대에겐 이미 천호동 토박이라는 프리미엄이 붙어 있었다.

하지만 나는 두려워하지 않았다. 아무리 버거운 상대라고 한들, 나에게도 쌓아온 경험이 있었다. 그중에서도 풍부한 사업 경험과 CEO로서의 경험은 내 귀한 자산이었다. 그리고 나의 가장 큰 자산은 바로 나를 믿어주는 사람들이었다.

나는 서민들이 집중적으로 모여 살고 있는 암사 4동에 둥지를 틀고 의원 생활을 해왔었다. 그리고 서민들의 삶을 개선하기 위해서 내 모든 힘을 다 바쳐 노력해왔었다. 나는 의원 생활 동안 무엇보다도 서민들의 마음을 알려고 노력했고 또 서민들의 필요를 알려고 노력했다.

나 또한 서민이었다. 강진에서 정미소 집의 아들로 생활하며 단돈 20만원을 들고 서울에 올라와 자리를 잡기까지 무수히 많은 시간 동안 가난과 싸워야 했었다. 9평의 단칸방에서 신혼 생활을 하며 난 서민의 아픔을 철저하게 깨달았다. 서민에게 무엇이 필요한지, 서민이 발전하기 위해서는 어떻게 해야 하는지. 그 모든 나의 경험이 내겐 무엇과도 바꿀 수 없는 귀한 자산이었다.

나는 "뜨는 천호동, 뛰는 김노진"이라는 슬로건을 내세워 열심히 구석구석을 누비고 낙선했던 경험을 잊지 않고 더욱 철저히, 몸이 부서져라 열심히 뛰기 시작했다. 나의 선거전략은 두더지였다. 나는 그야말로 두더지같이 서민의 삶을 파고들었다. 서민이 있는 곳이라면 어디라도 빼놓지 않고 찾아가서 인사를 하고 악수를 나누었다. 천호동 또한 암사동과 마찬가지로 서민이 사는 곳이었다. 그랬기에 난 그들과 통할 수 있었다. 난 그들의 애환을 알고 있었다. 내가 말을 할 때마다 그들이 나와 함께 호흡하고 있음을 느낄 수 있었다.

사람들은 내가 인사를 하고 악수를 나눌 때마다 정겨운 느낌이 든다고 말해주었다. 어떤 사람들은 내 연설을 듣고 마치 목욕탕에서 같이 함께 뜨거운 물에 몸을 담근 채 허심탄회하게 이야기를 나누는 심정이라고 이야기를 해주었다. 그만큼 나는 서민들과 가까웠던 것이다. 나는 서민들의 마음속을 들여다보았고 그 사람들 마음속에 같이 자리 잡고 앉은 채 그들과 솔직한 대화를 나누며 공감해주었다.

그렇게 혼신의 힘을 다하여 선거에 최선을 다한 결과, 나는

서울시의원 당선증 받는 모습

한나라당 후보인 김성환 후보를 이천여 표 차이로 이길 수 있었다. 나의 승리이자 바로 서민의 승리였다. 강동 최고의 재력가이자 지역의 토박이, 3대 서울시의원의 경험이 있는 강자를 서민이 이기게 해준 것이다.

나는 눈물을 흘리며 주민들에게 감사하다고 연신 인사를 올렸다. 그들이 아니었다면 나는 이 자리에 오지 못했을 것이다. 당선의 기쁨을 지역 유권자와 심재권 위원장님, 호남향우회 회원들과 함께 나누고 감사를 전했다. 또 나를 믿고 내 선거활동을 도와준 사람들에게도 감사를 전했다.

나를 믿고 선거를 총괄 지휘해주었던 사무장님 범걸 형님, 배정수 선거 대책 본부장, 김정근 홍보부장, 김오태 민원부장, 윤

형준 총무부장, 석승인 보좌관, 김호근 유세부장, 천호 1동 이기화 동책, 천호 2동 고오순 동책, 천호 3동 정사례 동책, 천호 4동 문금자 동책 그리고 가족들 그 외 나를 도와주신 분들께 이 자리를 빌어 감사를 돌린다.

시민의 날개가 되어

광진교 의원

광진교는 역사가 깊은 다리이다. 1900년에 처음으로 세워진 한강철교 바로 그 다음, 일제강점기 시절인 1934년에 두 번째로 한강에 놓인 다리이다. 그만큼 광진교는 역사적으로 많은 의미를 지니고 있고 우리나라의 시대적 상황과 아픔을 고스란히 간직하고 있는 다리라 할 수 있겠다.

한국전쟁으로 인해 파괴되었다가 다시 지어지는 아픔도 있었고, 그 이후에는 홍수로 인해 일부분이 유실되어 떠내려 가버리는 아픔도 겪고, 노후로 철거되는 아픔도 겪었다. 우리나라 분단의 아픔과 우리나라의 가난했던 과거를 대변이라도 하는 듯 광진교는 그렇게 우리와 함께 아픔을 겪었다.

그런데 그런 광진교가 홍수로 인해 또 한 번 유실되고 난 후 서울시에서는 광진교의 철거를 준비하였다. 이유는 바로 옆에 천호대교가 있기 때문에 교통량이 천호대교로 몰릴 것이므로 교통량 해소에 도움이 되지 않는다는 것이었다. 그러나 광진교는 역사적으로 매우 중요한 의미를 지니고 있는 다리였다. 나는 절대 광진교는 철거되어서는 안 된다고 생각했다.

또한 광진교는 천호 구사거리와 바로 연결되어 있는 다리였다. 아무리 교통량이 적다고 한들 광진교가 없어진다면 천호 구사거리의 상권이 죽어버릴 것은 불 보듯 뻔한 이치였다. 말했듯이 천호동은 서민이 사는 동네이다. 나는 나를 뽑아준 사람들을 버릴 수 없었다. 천호동 사람들은 내게 호소했다. 안 그래도 없는 살림에 광진교까지 없애버리면 우리는 무얼 먹고사느냐고. 그 말이 나를 울렸다. 이것은 생존의 문제였다. 나는 더 이상 이대로 있으면 안 되겠다는 각오를 하였다.

광진교를 살리기 위하여 나는 맨발로 나서서 뛰기 시작했다. 나는 서울시의원 건설위원회 상임위원으로서 광진교를 살리자고 상임위원회에서 하루가 멀다 하고 건의를 하기 시작했다. 사람들은 "다른 예산 잡기도 벅찬데 광진교를 왜 다시 공사하여 만드냐."라는 반응이 대다수였다. 그러나 나는 광진교의 역사적 필요성과 천호동의 생존권 문제를 앞세워서 광진교의 건설을 적극 강조하고 목소리를 높였다.

처음에는 내 의견을 거들떠보지도 않던 사람들도 내가 끈질기게 광진교를 붙잡고 늘어지자 점점 내 말에 귀를 기울이기 시작하였다. 그러나 한편으로 더욱더 반대를 거세게 하는 사람도 있었다. 나는 상임위원회에서 외로운 싸움을 하고 있었다. 이미 건설교통부와 서울시에서도 광진교를 철거하기로 결정한 후였기 때문이었다.

나는 안 되겠다 싶어서 무작정 고건 서울시장을 찾아갔다. 찾아가서 광진교의 필요성에 대해 고건 시장을 붙들고 한참이나 호소하였다. 고건 시장은 내 말을 듣고서는 고민해보겠다고 말하였다.

그때부터 붙은 별명이 '광진교 의원'이었다. 서울시장하고 일대일 면담까지 하고 나자 사람들이 독하다면서 혀를 내두르며 내게 붙여준 별명이었다. 사람들은 "어이, 광진교"라고 나를 부르곤 했고, 신문에도 나를 '광진교 의원'이라며 기사로 내보내곤 하였다.

그러나 고건 시장하고 담판을 지었음에도 상임위원회에서는 결정을 내리기 망설이는 눈치였다. 내가 질리도록 광진교의 필

광진교 건설 장면

요성에 대해 이야기한 끝에 모두 광진교의 필요성을 깨달았지만 이미 건설위원회, 건설교통부, 서울시에서 모두 안 짓기로 한 것을 바꾸기가 어렵다는 이유였다.

결국 난 내가 할 수 있는 최후의 조치를 하기로 마음먹었다. 광진교 현장사무소에 가서 광진교를 세워달라며 몇날 며칠을 밤샌 것이다. 광진교가 세워지기 전까지는 물러서지 않겠다는 결사각오를 하고는 데모도 하고 피켓을 들고서는 1인 시위를 하였다. 그렇게 난 광진교를 다시 세우기 위해 무려 2년이란 시간을 홀로 외로운 투쟁을 벌였다.

마침내 상임위원회에서 광진교 재건설 예산에 대한 승인이

광진교의 현재 모습

떨어지게 되었다. 평소 눈물을 보이지 않던 나였지만 그날만큼은 나도 감격의 눈물을 흘리지 않을 수가 없었다. 천호동 시민들과 함께 얼싸안고서는 펑펑 울었다. 누가 나를 봤으면 이산가족 재회를 한 것으로 착각했을지도 모르는 일이다.

현재 광진교는 머물고 싶은 다리로 재탄생하여 제2의 전성기를 누리고 있다. 보행자 편의를 고려하여 자전거 도로와 전망쉼터가 생겼고, 리버뷰 8번가와 다리 아래는 광나루 자전거 공원, 레일바이크, 레이싱 경기장 등 즐길 거리가 생겼다. 걷기보다는 머물고 싶은 다리로 컨셉을 바꾸고 재 디자인하여서 휴식공간과 문화공간을 겸비한 시민들의 쉼터로 바뀌게 된 것이다.

이제 광진교는 시민들이 휴식을 취하고 레저를 즐기기 위하여 몰려오는 인기 명소가 되었다. 이미 여러 잡지에도 '서울 가볼만한 곳'으로 소개되었고, 파워 블로거에 의해 '서울 야경 데이트코스 TOP 10'의 순위 안에도 들어가는 영광을 누리기도 하였다.

그뿐만 아니라 광진교는 연인들의 데이트 필수 코스로서 사랑을 독차지하고 있다. 인터넷을 검색하면 광진교에 대한 아름다운 사진과 멋진 풍경들을 볼 수 있다. 젊은 연인이라면 한번쯤 광진교에 들러서 데이트를 해봐야 할 것이다.

나도 가끔 차를 가지고 광진교를 건널 때면 옛 추억에 젖곤 한다. 광진교를 지은 것은 지금 생각해도 백 번 잘한 일이라며, 그때의 고생이 값진 보람이 되었음에 기뻐하며 흥겨운 웃음을 짓곤 한다.

살기 좋은 강동구를 위해

시의원에 당선되고 나서 얼마 되지 않았을 때, 주민들이 나를 끊임없이 찾아오는 일이 광진교 말고 하나 더 있었다. 사무실은 물론, 우리 집에도 이 민원으로 인하여 전화가 빗발치는 일이 적지 않았다.

심지어 야심한 밤에 못살겠다며 우리 집까지 사람들이 찾아온 적도 있었다. 나는 그때마다 최대한 빠르게 처리를 하겠다며 시민들의 성난 마음을 달래어 돌려보내곤 하였다. 바로 천호 2동, 암사 2동의 소음 민원이었다.

천호 2동과 암사 2동에는 중부고속도로에서 88올림픽도로로 이어지는 강변도로가 있었다. 문제는 차들이 중부고속도로를 달리던 속도 그대로 강변도로에 진입한다는 것이었다. 도로 바로 옆에는 천호 2동과 암사 2동의 주민들이 살고 있는 주택과 아파트 단지가 있었다.

워낙 주야를 가리지 않고 통과하는 차들이 많은데다가 차들이 시속 100km가 넘는 속도로 쌩쌩 도로를 통과했기에 소음이 엄청났다. 낮에도 아파트에서 제대로 이야기를 나눌 수가 없을 지경이었다. 내가 직접 도로 옆에 가서 서 보니 그 심각함을 느낄 수 있었다. 특히 밤에는 자동차 한 대가 지나갈 때마다 조용한 동네에 굉음이 울려 퍼졌다. 잠을 잘 수 있을 리가 없었다.

나는 시의원이 되자마자 광진교와 함께 최우선적으로 방음벽 설치를 시행하였다. 이것은 오랫동안 주민의 숙원 사업이었기 때문에 건설위원회에서도 큰 말썽 없이 금방 통과가 될 수 있었다. 시의원이 된 직후, 한 달도 안 되어 방음벽 설치를 시행하게 된 것이다. 워낙 도로가 크고 길었기에 세 번에 걸쳐 공사를 하게 되었다. 그리고 드디어 천호 2동과 암사 2동에도 평화가 찾아오게 되었다. 내 공약이었던 '소음 없는 강동구'를 지키게 되어 참으로 뿌듯했다.

그 외에도 나는 선거당시 천호 3동 주민의 민원사항이자 나의 공약사항인 어린이 놀이터를 설치하기 위하여도 많은 애를 썼다. 예산을 편성할 수 없다면서 서울시의회에서 결정을 망설였다. 그러나 천호동에는 어린이 놀이터가 하나도 없었다. 그랬기에 난 아이들 교육을 위하는 마음으로 또다시 광진교 때처럼 강력하게 추진하여 사업을 밀어붙였고, 결국 어린이 놀이터도 천호동에 최초로 설립해줄 수 있게 되었다.

그 밖에 천호동에서 대공원을 만들고 있었다. 4대 서울시의원회에서 추진했던 빠이롯트 공원(현 천호 공원)을 5대까지 계속 만들고 있었는데 워낙 큰 사업이어서 진행이 느린 속도로 되고 있었다. 600억 원이나 들어가는 엄청난 대사업이었기에 서울시에서도 망설이고 있었던 것이다. 나는 더 이상 망설여서는 안 된다는 생각에 천호 공원을 추진력 있게 밀어붙였고 그 결과, 천호 공원은 예정대로 지어져서 지금 이렇게 좋은 모습으로 완성될 수 있었다.

또한 나는 천호 1동에 있던 천호 1동 공원의 지하를 이용하여 주차장을 설치하자는 의견을 내었다. 넓은 부지를 사서 주차

공약 사항인 방음벽을 만들고
검사하는 모습

장을 만들기엔 예산도 없고 안 그래도 땅이 좁은 나라에서 땅을 사기도 어려우니 공원 지하에 1, 2, 3층으로 주차장을 만드는 게 어떻겠냐는 의견이었다.

내 의견에 모든 의원들이 다들 놀란 얼굴을 하였다. 그때에는 공원 지하에 주차장을 만들어본 사례가 없었을 때였다. 대한민국에서 처음으로 도전해보는 것이었다. 몇몇 의원들의 망설임이 있었지만 결국 시범적으로 주차장을 만들어 보는 것으로 결론이 났다. 나의 도전 정신이 또 한 번 빛나는 순간이었다.

현재 천호 1동 공원은 지하 3층까지 주차장으로 이루어져 있고 많은 시민들이 주차장을 활용하고 있다. 천호 1동 공원은 지금도 기존 공간을 활용하는 획기적인 시도를 한 최초 모범 사례로 건설위원회에서 자주 언급되곤 한다.

출동 119

불이 난다면 어디를 가장 먼저 찾게 될까? 물어볼 필요도 없이 소방서일 것이다. 또한 위급한 사고가 났거나 갑자기 새벽에 이유도 모르게 어딘가가 아파온다고 해도 우리는 곧바로 소방서에 있는 응급구조센터로 연락을 한다. 이처럼 우리 삶에 있어서 소방서는 아주 중요한 임무를 담당하고 있는 곳이다.

나는 어릴 때부터 소방서에 대한 관심이 많았다. 한때는 소방관이 꿈이었던 적도 있었다. 이처럼 관심이 많았던 것을 내 주위의 사람들도 알고 있엇기에 나는 시의원이 되자마자 곧바로 주위의 추천으로 의용소방대장으로 임명받게 되었다. 그리고 그 이후 무려 10년간을 의용소방대장으로 있게 되었다.

의용소방대는 화재나 기타 사유로 소방대원이 더 필요하게 될시 긴급보충 소방대원으로 소방대에 투입하게 되는 국민소방대라고 할 수 있다. 군대로 따지자면 예비군과 같은 개념이다. 화재 시에는 많은 인력이 필요하기 때문에 선진국에서는 예

강동 의용소방대 교육현장에서 발표하는 모습

부터 의용소방대가 존재하였다. 우리나라에서도 의용소방대가 1915년부터 최초로 설립되기 시작하였고 1958년부터 의용소방대 조직이 본격화되기 시작하였다.

시의원으로서 의용소방대장을 겸한다는 것은 쉬운 일이 아니었다. 매달 있는 훈련에도 빠지지 않고 참석해야만 의용소방대장으로서의 역할을 할 수 있었고, 특별 훈련 및 긴급 훈련도 가끔씩 있었다. 나는 사업과 서울시의회 건설위원으로서 일을 하느라 이미 정신이 없었지만 그래도 열심히 의용소방대장을 하였다.

의용소방대를 하며 불우이웃돕기를 실천하여서 아이들에게 장학금을 전달해주기도 하였고, 여성 의용소방대원들과 함께

의용소방대장으로서 소방서장에게 관내현황을 보고받는 중

명진 보육원에 나가서 불우이웃돕기를 함께 실천하기도 하였다. 그렇게 열심히 한 결과, 나는 소방행정에 기여한 바가 크다는 공로로 장관표창장을 받기도 하였다.

한편 의용소방대장으로 있으면서 나는 천호소방파출소와 길동소방파출소가 너무나 열악한 것이 눈에 보이기 시작했다. 뭐 눈엔 뭐만 보인다고 서울시 건설위원회로 있다 보니 건물이 구조적으로 열악한 것이 계속 눈에 보이기 시작하는 것이었다. 훈련을 받다보면 그것이 항상 신경 쓰였다. 이렇게 시설이 열악해서야 제대로 소방업무를 수행할 수는 없겠다는 생각이 들었다.

당시 천호소방파출소와 길동소방파출소에는 건물 내벽과 외벽에 눈으로도 선명히 보이는 몇 개의 균열이 생겨 있었고 건물

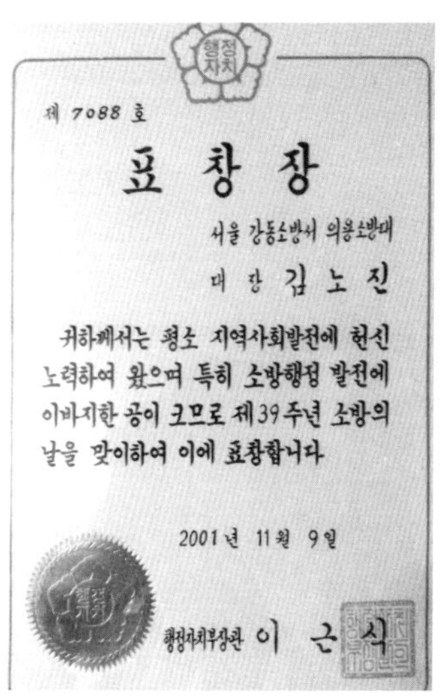

제 7088 호

표 창 장

서울 강동소방서 의용소방대

대 장 김 노 진

귀하께서는 평소 지역사회발전에 헌신 노력하여 왔으며 특히 소방행정 발전에 이바지한 공이 크므로 제39주년 소방의 날을 맞이하여 이에 표창합니다

2001년 11월 9일

행정자치부장관 이 근 식

의용소방대 활동을 하며 받은 장관표창장

안의 시설도 열악하여서 소방대원들과 응급구조대원들이 임무를 정상적으로 수행하기에는 무리가 있어보였다. 자칫하다 균열로 인하여 소방서가 무너지는 최악의 상황이 발생하여 응급상황이나 화재를 현 도시에서 해결할 수 없게 된다면 너무나 끔찍한 사태가 일어날 수밖에 없는 것은 자명한 이치였다.

또한 천호소방파출소는 당시 성내동 주택은행 옆에 있어서 천호동에 화재와 재난이 발생하면 신속히 출동하기가 어려운 환경에 있었다. 거리가 멀었기 때문이다. 따라서 신축과 동시에 이전이 필요했다.

난 소방파출소를 신축 이전하는 것을 골자로 하여 건설위원회 상임위원회에 의견을 내놓았다. 다른 의원들도 이미 소방서의 상황을 충분히 인지하고 있었던 터였기에 의견은 무리 없이 수렴되어서 두 소방서 모두 새로이 건물을 짓게 되었다.

그 이후로 나는 시간이 좀 더 됐다면 전국에서 세계소방대회를 유치하려는 생각까지도 하고 있었지만 아쉽게도 시의원 임기가 마무리되면서 그 계획은 다음으로 미룰 수밖에 없게 되었다.

시민의 꿈을 품고 날아오르다

대한민국의 미래를 위해

나의 어렸을 적을 생각하면 언제나 가슴이 찡하다. 초·중·고 시절 천방지축으로 뛰놀며 운동도 열심히 했지만 항상 가난에 쪼들려 살았던 것만큼은 분명한 사실이었기 때문이다. 잘사는 아이들을 보면 부럽고, 나도 잘살고 싶다는 마음을 가졌던 것이 기억난다. 그랬기에 나는 의원이 되어서 항상 아이들을 위하여 정책을 세우고, 아이들을 위하여 더 좋은 시설을 마련해주기 위하여 발버둥쳤던 것 같다. 구의원 때 어린이집을 지어주고, 독서실을 세워주었던 것처럼 나는 시의원이 되어서도 아이들을 바라보기 시작했다.

우선 급식실을 설치하여 주기로 했다. 내 어린 시절처럼 밥을 굶는 아이들이 많았던 것은 아니지만 항상 도시락을 싸주어야만 하는 어머니들의 불편도 컸을뿐더러 좋은 반찬을 부모님들이 싸주지 못해서 균형된 식사를 하지 못하는 아이들이 많았다. 따라서 올바르고 건강한 식단을 통해 아이들에게 좋은 음식을 공급해준다면 공부는 물론 건강에도 큰 도움이 되리라 생각했다.

나는 우선 천호동에서 가장 전통 있는 학교인 천호초등학교에 시범적으로 급식실을 설치하여 주기로 했다. 그런데 서울시의회에 건의를 하자 교실신축공사 후에 급식시설을 설치해주겠다는 답변이 돌아왔다. 교실신축공사는 그럼 언제 하는 것이냐고 물었더니, 대답이 없는 것이었다.

나는 예산안을 이리저리 훑어보았다. 아무리 찾아보아도 교실신축공사에 대한 예산은 보이지가 않았다. 아니 어떤 계획서에도 천호초등학교 교실신축공사는 계획에도 잡혀있지 않았다. 결국 교실신축공사는 급식실을 설치하는 시간을 좀 더 미루기 위한 꼼수로밖에 보이지 않았다.

나는 이래서야 어느 세월에 급식실을 만들어주겠냐며 아이들을 위한 예산이니 빨리 처리해주어야 한다며 강력히 이야기했고, 결국 교실신축공사와 상관없이 급식실 설치가 최우선적으로 진행되었다. 급식실을 설치해준 후에 나도 천호초등학교에

천호초등학교 급식시설 완공 후 시식하는 모습

가서 아이들이 먹는 급식을 먹어보았다. 맛있었다. 이런 식단으로 아이들이 계속 먹을 수만 있다면 건강은 물론, 아이들이 열심히 공부할 것이라는 확신이 들었다.

그렇게 시범적으로 천호초등학교에 급식시설이 설치된 이후, 서울시의회에서는 연달아서 초등학교에 급식시설을 설치해주기 시작하였다. 천호초등학교가 모범이 되어서 급식시설이 좋다는 인식이 서울시에 널리 퍼져나가게 되었기 때문이다.

이외에도 아이들을 위하여 한 일들이 많다. 동신중학교에는 아이들이 무척이나 많았다. 너무 많아서 교실이 포화 상태였다. 한반에 아이들이 꽉 찼는데도 불구하고 아이들이 학교에 밀려들어오는 바람에 한 학급 당 정해진 교실 정원을 초과해버린 것이었다. 원래 40명이 있어야 할 학급에 60~70명의 아이들이 자리 잡고 있으니 공부가 잘될 리가 없었다.

그 많은 아이들이 떠들기 시작하자 끝이 없었고 선생님을 우습게 보기까지도 하는 상황이 벌어졌다. 더 안 좋았던 점은 노후화되어 있던 학교 시설에 아이들이 예상 인원을 초과하여 있다 보니 붕괴위험을 초래할 수 있다는 것이었다. 동신중학교 곳곳에도 이미 균열이 가있음을 갈라진 벽들을 통하여서 쉽게 볼 수 있었다.

나는 이대로는 안 되겠다는 생각이 들어서 동신중학교에 새로이 5동의 학급을 짓고 무너질 위험이 있는 곳은 개보수를 시작하자고 건의하였다. 그러나 이번에는 정말로 예산 확보에 어려움이 있다면서 다른 의원들이 난색을 표하였다. 거기까지 쓸 수 있을 만큼 재정이 확보되지 않았다는 것이었다. 나는 또 다시 강력하게 외쳤다. 아이들의 미래보다 중요한 것은 없다고. 지금부터 아이들을 이렇게 내팽개친 채로 내버려두면 우리나라에 미래는 없다고 이야기를 꾸준히 했다. 그리고 결국 중학교 의무 교육화와 함께 동신중학교에 대한 예산이 잡히게 되었고, 아이들을 위하여 새로운 교실을 만들어줄 수 있게 되었다.

그 외에도 천일초등학교 아이들이 자유롭게 뛰어놀 수 있도록 천일 초등학교 체육관 및 다목적 교실(강당)을 새로이 신설해주었고, 삼일공고와 명일초등학교의 무너져가는 옹벽을 다시 튼튼히 만들어주었다.

아이들은 분명 대한민국의 미래이다. 그 아이들을 위하여 많은 시설들을 지어줄 수 있었음에 지금도 난 가슴이 뿌듯하다.

수해의 아픔을 나누다

1998년 7월 31~8월 18일 동안 한국 전역에 미친 듯이 비가 쏟아지기 시작했다. 그칠 줄을 모르고 쏟아진 비는 서울 전역을 비롯하여 포천, 충청북부, 남부지방, 호남지방까지 전국을 물바다로 만들었다.

우리나라의 도시들은 인위적인 수방시설과 하수관에 의하여 홍수를 방지하기 위한 시스템이 마련되어 있었는데 이 시스템에는 설계용량이 정해져 있었다. 설계용량이 넘는 비가 내려버리면 물을 감당하지 못하는 취약점이 존재했던 것이다.

의정부에는 최고 775㎜의 비가 쏟아졌다. 서울 평균이 409㎜였다. 평소 설계용량의 배를 넘는 양이었다. 주택들이 침수되기 시작했다. 의정부에서는 지하상가의 60% 이상이 침수피해를 입고 문을 닫아야만 했다. 그 밖에 지역에서도 지하상가는 많은

명일동 수해현장

피해를 입을 수밖에 없었다.

안타까운 일들이 많이 발생하였다. 국지성 집중호우가 갑자기 닥치는 바람에 계곡에서 야영 중이던 피서객들이 미처 대피하지 못하고 목숨을 잃었고, 산사태가 급작스레 마을을 덮쳐 많은 인명피해를 낳았다. 또한 급격히 유량이 증가된 탓에 소하천과 하천이 범람하면서 하천제방, 도로, 교량, 수리시설 등의 피해가 발생하였고 지하 주택가 침수 및 농경지가 유실되는 2차 피해가 연달아서 발생하였다. 사망, 실종 인원만 324명에 달했고, 재산피해는 1조 2,478억 원이라는 엄청난 피해를 일으킨 수해였다.

서울특별시의회는 이에 따라 수해특별대책 임시 회의를 즉각

고건시장과 함께 수해현장 점검

적으로 열어 대책을 논의하였다. 며칠 밤을 뜬눈으로 지새우며 회의한 끝에 수해대책이 세워졌고, 우리는 우선 서울 수해지역을 방문 및 위로하는 동시에 수해대책을 위한 예산확보에 최선을 다할 것을 다짐하였다. 나는 고건 서울시장과 함께 서울의 수해지역들을 방문하여 지원금과 생필품을 전달하였다. 또한 피해를 입은 물품들을 시민들과 함께 집 밖으로 꺼내어 나르며 시민들을 위로하였다.

그렇게 방방곡곡 수해지역을 들른 나는 고건 서울시장과 즉각적인 피해복구대책을 의논하였다. 가장 중요한 것은 배수로 확장 공사였다. 배수로가 들어오는 물을 감당하지 못해서 일어난 피해가 가장 심각했기 때문이었다.

홍수가 끝나자마자 바로 우리는 서울 전지역에서 배수로 공사를 시작하였다. 하수관을 교체하고 배수로가 좁은 곳은 모두 다 확장시켰다. 특별히 상습침수피해지역과 함께 산사태 피해를 입기 쉬운 위험지역을 최우선적으로 조치해주었다. 그리고 하수암거 개량공사를 비롯하여 여러 개의 하수처리시설을 설치하게 되었다. 그 결과, 우리는 다음 해부터 서울지역에서 큰 수해를 입지 않을 수 있었다. 정말 감사한 일이었다.

그렇게 정신없이 바쁜 시간들이 지나갔다. 많은 아픔이 있던 날이었지만, 다행히 많은 시민들의 적극적인 자원 봉사로 피해 복구에 앞장서 주었기에 수해에 대한 아픔을 씻어낼 수 있었다.

서울,
미래를 꿈꾸다

꿈은☆이루어진다

2002년 드디어 월드컵을 우리나라에서 유치하게 되었다. 우리나라 국민이라면 그때를 누구나 잊지 못할 것이다. 2002년 월드컵은 이변의 연속이었다. 당시 최강이었던 프랑스와 아르헨티나가 조별 리그에서 탈락하는가 하면 세네갈과 미국이 8강에 오르는 기염을 토해냈다.

그것도 모자라 대한민국과 터키는 4강에 올라가는 대형사건을 터뜨렸다. 연일 신문이 특보였다. 누구도 4강에 올라갈 것이라 예상하지 못했던 우리나라가 4강에 진출하게 된 것이다. 대한민국은 흥분의 도가니였다. 특히 우리나라는 처음부터 열강들과 맞서서 이겨내는 기적을 연출해내며 4강까지 올라갔다. 우승후보였던 포르투갈을 조별리그에서 이긴 우리나라는 이어서 또 하나의 우승후보였던 이탈리아를 연장전까지 가는 치열한 접전 끝에 2:1로 무너뜨렸다. 8강에서도 유럽의 최강 강호 중 하나였던 스페인을 만난 우리는 승부차기까지 가서 마지막 기적의 역전을 이루어냈다.

온 국민이 기쁨에 가득 차 있었다. 연일 시청과 광화문 거리로 사람들이 쏟아져 나왔고, 기쁨의 축제를 열었다. 골이 터질 때마다 서로 모르는 사람을 얼싸안고 춤을 추었고, 꽹과리를 신나게 치며 거리를 행진했다. 2002년 월드컵은 정말 우리나라의 축제였다고 해도 과언이 아닐 것이다.

나에겐 이런 월드컵을 보며 또 하나의 특별한 감회가 있었다. 상암 월드컵 경기장을 건설하는 현장에 내가 서 있었기 때문이다. 서울특별시의회 건설위원회는 월드컵 개최지로 우리나라가 선정되었을 때부터 월드컵 경기장 건설을 위해 바쁜 발걸음으로 움직이고 있었다. 서울특별시의회 건설위원회에서는 경기장 부지 마련부터 시작하여 경기장을 건설할 업체를 선정하여 경기장이 최종 완성될 때까지 총괄 지휘 및 감독 책임이 있었다. 나 또한 서울특별시의회 월드컵축구대회지원 특별위원회 간사로서 발바닥에 불이 나도록 좋은 경기장을 건설하기 위하여 밤낮을 가리지 않고 뛰어다녔다.

상암월드컵경기장

치열한 경쟁 끝에 삼성 엔지니어링이 최종 건설사업자로 채택이 되었고, 우리는 삼성 엔지니어링과 협의하여 경기장 디자인 및 건설예산 등을 토의하였다. 마침내 공사가 시작되었고, 공사를 하는 2년 동안 나는 한 달에도 몇 번씩 공사현장을 찾아가 공사가 잘되고 있는지, 얼마나 진행됐는지, 안전엔 이상이 없는지 계속 둘러보았다. 국가적 행사를 치르는 데 결코 실수가 있어서는 안 되었다. 그 어느 때보다 날카로운 눈으로 현장을 점검하였다. 건축에 대한 전문적인 지식이 있었기 때문에 가능한 일이었다.

나는 강동구의원을 했을 때부터 건설위원회를 했었고, 또 구의원을 하고 있을 때 나는 ㈜퍼시픽건설 주식회사의 대표로서 건물을 짓는 일도 하고 있었다. 그렇게 건설 경험을 많이 쌓아 왔기에 월드컵 경기장이라는 큰 건물을 보는 데도 무리가 없이 전문가적인 검토를 할 수 있었다.

다행히 상암 월드컵 경기장은 성공적으로 잘 건설될 수 있었고, 월드컵이 지난 지금은 많은 시민들이 국내축구경기를 관람하는 최적의 공간으로 변신하게 되었다. 또 월드컵 경기장 주변의 하늘공원은 시민들이 사랑하는 공원으로 거듭나게 되었다.

난 지금도 월드컵 경기장을 볼 때면 시민들을 위하여 국가적인 행사를 잘 치를 수 있게끔 도와주었다는 뿌듯함이 내 안에 가득 밀려오곤 한다. 상암 월드컵 경기장의 건설을 도운 사람들을 기록한 청동판에는 내 이름도 같이 찍혀 있다. 비록 나의 손바닥은(?) 안 찍혀 있지만 내 이름 석 자가 들어가 있는 것만으로도 나는 무척이나 좋다.

서울시의회에서 하는 일들

사실 서울특별시의회에서 하는 일을 다 적자면 책이 몇 권이 나와도 부족할 정도로 하는 일이 굉장히 많다. 서울특별시의회 광역의원을 했던 경험을 통해 서울특별시의회가 어떤 곳인지, 무얼 하는 곳인지, 간략히 적어보도록 하겠다.

– 서울시의회의 역사

초대 시의회는 대한민국 정부수립 이후 첫 지방의회선거가 1952년 5월 10일 실시되었으나 서울특별시는 1950년에 일어난 한국전쟁으로 선거를 치르지 못했다. 서울특별시의회가 처음으로 구성된 것은 휴전 3년 뒤인 1956년의 일이었다. 그해 시민의 직접선거로 의원정수 47명을 선출하였고 9월 5일 개원하였다. 그 이후 1960년 2대를 개원하였으나 1961년 군사정부 포고령 제4호에 의하여 해산되고 말았다. 그리고 1991년 제3대 시의회가 30년 만에 지방자치제 부활과 함께 개원되었고 이후 5년을 임기로 시의회가 계속 선출되게 되었다.

– 서울시의회가 하는 일

◎ 조례지정

조례란 주민들의 권리와 의무를 정하고 지방자치단체의 운영과 조직의 내용을 규정하는 규범을 말한다. 시장, 교육감 또는 의원 10명 이상의 요구로 발의하여 해당위원회 심사를 거쳐, 시의회전체의원 과반수 이상이 출석한 본회의에서 출석의원 과반수 이상의 찬성으로 의결하여 의결된 조례는 시장에게 전달, 20일 이내에 공포한다.

◎ 예산안 처리 및 결산 검사

매해 서울시가 국민을 위하여 쓸 예산안을 만들어 다음 해가 시작되기 50일 전까지 의회에 제출하면 상임위원회별 예비심사와 예산결산위원회 종합심사를 거쳐 본 회의 심의 의결로 예산을 확정한다. 또한 매해가 끝나고 난 이후 서울특별시장이나 다른 행정위원회에서 예산을 잘 사용했는지 살펴보는 결산 검사를 행한다.

◎ 행정사무감사와 조사

의회가 서울시 집행기관의 잘잘못에 대해 감시하는 기능을 말한다. 매년 정기회의 중 10일 이내의 기간에 실시하여 모든 업무가 제대로 되어 가는지 확인하고, 어떤 사무가 잘못되었거나 이상이 있을 때 의원들의 3분의 1 이상 서명을 받아 조사권을 발동한다.

필요한 경우 현지 확인하거나 서류제출요구를 하며, 집행기관은 요구한 서류를 빠짐없이 제출하여야 한다. 또한 집행기관은 시장이나 관계공무원을 출석시켜 의견을 진술해야 한다.

◎청원처리

청원은 시민이 시의 어떤 정책에 대하여 시정을 요구하고자 할 때 시의원의 소개로 제출한다. 접수된 청원서는 관련위원회의 심사를 거쳐 본회의 의결을 하여 채택되며, 시장이 처리해야 할 사항은 의회의 의견서를 시장에게 전달하여 처리토록 하고, 시장의 처리결과를 보고받아 청원인에게 통보한다.

– 서울시의회의 구성

시의회는 의장을 중심으로 본회의, 상임위원회, 특별위원회로 구성되어 있고 시의회를 돕기 위한 사무처가 있고 그곳에서 여러 가지 행정적인 일을 맡고 있다.

상임위원회는 서울시의회가 각 분야 별로 전문적으로 활동하기 위하여 마련된 위원회이며 분류별로는 운영위원회, 행정자치위원회, 재정경제위원회, 환경수자원위원회, 문화체육관광위원회, 보건복지위원회, 건설위원회, 도시계획관리위원회, 교통위원회, 교육위원회 등이 있다.

특별위원회는 그때그때마다 서울시에서 필요한 것을 제정하기 위하여 마련되는 위원회로서 예산위원회, 수해대책위원회, 월드컵지원특별위원회 등 다양한 위원회가 있을 수 있다.

– 건설위원회에서 하는 일

특별히 내가 속해 있던 건설위원회에서 주로 했던 일을 간략하게 적어보고자 한다. 건설위원회는 도시의 시설 안전을 책임지고 있으며 도시기반시설에 대한 관리 감독을 맡아 행하고 있다. 건설 행정을 감시 감독, 조정 지원하는 역할을 담당하고 있다고 할 수 있겠다.

주로 하는 대표적인 일을 들어본다면 서울시 모든 터널의 공

서울특별시의회 한강다리 교량 건설현장 답사

사 및 관리 감독, 한강 교량의 관리 감독, 도로의 관리 감독 및 추가설치(내부순환도로 개보수 책임 포함), 지하수 관리, 녹지관리, 공동묘지 관리, 화장터 관리 등이며 이외에 여러 가지 도시기반시설과 관련된 일을 하고 있다.

여성 인권 상향을 위하여

서울특별시의회 건설위원회 말고도 내겐 활동했던 위원회가 하나 더 있었다. 바로 여성특별위원회의 위원장으로 활동한 것이다. 그 당시만 하더라도 여성에 대한 인권보장이 제대로 되어 있지 않을 때였다. 취업전선에서도 여자들이 나오면 괄시받기

일쑤였으며 보통 남자들보다 낮은 월급을 받는 것이 일상화되어 있을 때였다. 또 막상 취업이 되더라도 여자는 커피를 타오거나, 복사를 하는 단순작업을 몇 개월이나 하고서야 본격적인 일을 시키곤 하였다.

지금 생각하면 너무나 구시대적인 생각과 문화이지만 당시엔 정말로 그러했다. 이런 면에서 볼 때 우리나라는 정말로 놀라운 변신을 했다고 생각된다. 지금은 여성부까지 생겨서 여성의 권익을 보장하고 있으니 우리나라의 여성권위는 이제 남성과 대등한 정도를 넘어서서 앞지르는 정도까지 이른 것 같다.

나는 항상 선구자적인 시선을 가지고 있었기에 여성에 대한 시각도 남들보다 한 걸음 더 앞서서 보고 있었던 것 같다. 당시 열악했던 여자들의 권익을 보호해야겠다는 생각이 들었다. 장애인들이 불이익을 당하는 모습을 견딜 수 없어서 장애인 자립장을 세웠듯이, 여성의 평등과 분배를 위해서도 힘써야겠다는 생각이 있었기 때문이었다.

그렇게 나는 놀랍게도 여성특별위원회의 위원장은 여자가 한다는 관례를 깨고서 여성위원회 최초의 남성위원장이 되었다. 앞장서서 여성의 권익을 신장시켜야겠다는 각오를 했기에 스스로 자청했던 것이었다. 난 위원회에서 "여성들의 사회참여를 막는 것은 곧 사회발전을 저해하는 것이며, 지금은 책임을 공유하고 공존해야 하는 시대"라고 외쳤다. 또 임기 동안 여성 단체장들과 여성정책 발전을 위한 토론문화에 힘쓰겠다고 말하였다.

그리고 내가 말한 대로 여성들이 사회적으로 무엇을 원하는지 파악해서 서울시에 여성들의 필요를 제시하려고 노력하였다. 또 여성들 스스로 적극적이 되어서 대우받지 못하는 부분에 대해서 항의하고 따질 수 있도록 서울시의회의 구조를 바꾸려고 노력하였다.

Part 3

삶 속에서 진리를 배우다

배움은 끝이 없다.
바다소라가 제 몸으로 바다의 이야기를 하는 것처럼
이제 내가 삶 속에서 배우고 깨달은 지혜의 이야기를 들려주려 한다.

연어는 바다에 살며 바다의 이야기를 들었다. 문득 연어는 깨달았다. 바다는 생명이라는 것을. 바다는 연어의 세상이자 연어에겐 모든 것이었다. 바다가 없다면 연어 또한 살 수 없는 것은 자명한 이치였다.

정치를 통해 시민들과 함께 울고 웃었던 지난 시절 동안 나는 많은 것을 배웠다. 온몸으로 시민들과 함께 그 삶의 현장에 직접 뛰어들었다. 그렇게 나는 시민들의 마음을 알 수 있게 되었다. 시민들이 곧 나였고 내가 곧 시민들이었다. 그들이 없다면 나 또한 살 수 없는 것이었다.

또 나는 좀 더 좋은 정치를 하기 위하여 시찰을 다녔고 그 결과 훨씬 더 좋은 정치 방법에 대하여 배울 수 있었다. 그리고 나는 지식을 쌓기 위하여 책을 닥치는 대로 읽었다. 지혜로운 정치인이 되고 싶어서였다. 솔로몬처럼 현명하게 시민들을 위해서 헌신하고 싶었다.

연어가 바다에서 헤엄치며 진리를 깨달았듯 그렇게 나는 시민들과 함께 호흡하는 삶의 바다에서, 그리고 책을 읽는 지식의 바다에서 진리를 깨달았다.

이제 내가 깨달았던 그 진리의 이야기들을 해보려고 한다.

– 바다의 이야기

세상을 보다

미국과 캐나다, 일본을 시찰하다

서울시의회 건설위원회 소속으로서 나는 99년 11월에 2주간 미국, 캐나다, 일본 등을 시찰할 기회가 주어졌다. 선진국을 돌아보면서 우리나라 공공건물과 공공시설에 도움이 될 만한 것들을 보고 배워 오기 위해서였다. 이 시찰은 3개 나라의 8개 도시의 공공건물과 공공기관을 돌면서 선진국의 장점들을 배울 수 있는 귀한 계기였다.

도쿄의 요코하마, 캐나다의 포레이스, 개스타운, 토론토 미국의 LA방재본부, 올랜도 EPCOT 센터, 조지아돔 경기장 등등을 보면서 첫째로 공공시설의 효과적인 활용방안을 배울 수 있었고, 둘째로 공공건물이 갖는 역사성과 그 가치를 배울 수 있었다. 그리고 마지막으로 건물의 보존과 관리를 어떻게 하는지 집중 조명하여 배웠다. 선진국답게 잘못된 관습은 일찍 버리고 우리나라보다 훨씬 발달된 방법을 사용하여 효율적으로 도시 기반 시설들을 관리하고 있었다.

도시의 에너지, 교통, 식량, 주택을 효율적으로 관리하기 위해 끊임없는 노력을 각 도시마다 진행하고 있었으며 특히 쓰레기 매립장을 꽃이 피고 새가 날아드는 시민의 쉼터로 탈바꿈시킨 센트럴파크의 아름다움도 우리에게 좋은 본보기 사례로 각인되었다.

또한 토론토 공원에 큰 규모로 설치된 원예학교를 보며 우리나라도 각지에 있는 대공원마다 청소년을 위한 자연현장 실습장을 만들어 원예 기술과 교육, 또 토종식물과 토종동물에 대한 인지도를 높이고 애착을 갖게 하는 교육의 장이 확장되어야 하겠다는 생각이 들었다. 당시 서울에는 시민의 숲이나 대공원 내에 초등학생을 위한 작은 자연 학습장이 있긴 하나 매우 작았기 때문이다.

LA에 들렀을 때에는 방재본부를 보았는데 지하에 마련된 도시방재 시설이 정말로 철저했고 완벽해 보였다. 얼마나 많은 예산을 들이고 공을 들였는지 단박에 보고 깨달을 수 있을 정도였

서울특별시의원 때 LA 방문하여 의장과 함께

다. 그에 비해 서울은 한 나라의 수도임에도 불구하고 아직 도시기반과 방재에 매우 취약했다. 우리 또한 지진과 각종 재난에 대비하여 각종 재난 방재 시스템을 철저히 구축해야겠다는 다짐을 하게 된 계기가 되었다.

이렇게 좋은 것을 보고 배운 것도 있었던 반면 우리가 겪고 있는 것을 그대로 겪고 있는 곳도 있었다. 요코하마를 들렀을 때에 요코하마는 서울보다 더욱더 많은 문제에 시달리고 있었다. 소음과 공해, 교통체증과 대기오염, 주택난, 계속되는 지가 상승 등으로 고민에 빠져 있었던 것이다. 그렇지만 이렇게 요코하마가 지나온 과정을 살피며 우리 서울도 미리 예측하고 대비할 수 있는 좋은 기회가 된 것 같다.

비록 짧은 기간 동안의 시찰이었지만 복지사회를 구현하려는 각 나라와 도시들의 노력을 보면서 놀라움을 감출 수 없던 시간이었다. 또한 서울시도 더욱 세계 속의 문화도시로 각광 받도록 하기 위해선 많은 노력이 있어야겠다는 다짐을 하는 계기가 되어주었다.

몽골을 방문하다

그 다음으로는 1999년 몽골의 울란바토르시를 방문했을 때가 있다. 몽골의 수도 울란바토르시와 서울특별시가 자매결연 도시였기에 울란바타르시의회 의장이 초청을 하여 서울시의회 열 명의 시의원들이 방문하게 된 것이다. 공항에 몽골 시의회의 의장인 세렌뎀 베렐린 바산자브가 일행과 함께 마중을 나와 있었다. 대기한 승용차에 나눠 타고 시의회로 향했다.

헌데 승용차는 벤츠였지만 얼마나 오래되고 낡았는지 시골마차를 타는 기분이었다. 도로는 덕지덕지 갈라지고 마치 도시가 전쟁이라도 치른 것처럼 복잡하고 현대식 건물 하나 눈에 들어오는 것이 없었다. 한때 칭기즈칸의 나라로 세계를 호령했던 몽골이었는데 지금은 발달되지 못한 이런 모습을 보니 괜히 마음이 안타까웠다.

몽골 울란바타르시 뭉크자르갈 부시장과 함께

시청과 함께 있는 시의회에 도착하였다. 시의회였지만 중소 기업 회의실과 비슷한 규모의 사무실이었다. 그러나 회의의 권위와 기능은 우리와 비슷하였다. 울란바토르시의 사회, 경제, 문화에 대한 결정권을 가지고 있는 시의회였다. 어떻게 보면 우리 시의회보다 더 강한 힘을 가지고 있다고 볼 수도 있다.

시의회에서 조인식을 마치고는 수하바타르 광장을 구경한 후 숙소로 이동하였다. 시의회 사람들은 우리를 제일 좋은 관광호텔인 칭기즈칸 호텔로 데려다주었는데 우리나라 모텔 수준이었다. 몽골의 전체적인 경제수준은 우리나라 60년대와 다를 바가 없었다. 그러나 이해가 되는 것이 소련이 붕괴된 후 불어온 민주화 바람 속에서 자본주의로의 변화가 시작된 지 3년밖에 되지 않았을 때였다. 레닌 기념관은 나이트클럽으로 바뀌어 있었고, 거리에는 세계의 모든 중고 자동차를 다 모아놓은 듯, 다양한 구시대의 자동차들이 내달리고 있었다.

우리 방문단은 다음 날 한국 대사관, 국제박물관, 국립역사박물관, 강란사(라마교사원)을 방문하였고, 삼 일째에는 복드 칸 궁전박물관, 자이산 전망대, 방직공장을 견학하고, 나흘이 되던 날 몽골 원주민의 가정을 방문하여 실생활을 보았다. 넓은 초원에서 말을 타고 다니면서 양을 기르는 목장이 있었다. 게르라고 하는 움막집에 옹기종기 모여 사는 몽골민은 척박한 땅과 바다가 하나도 없는 고산지대에 살기에 목축업이 생계의 수단일 수밖에 없었다.

몽골 시민들은 우리나라 사람들을 너무나 좋아하였다. 몽고반점이 우리민족 엉덩이에도 있다고 하여, 동족이라는 것이었다. 몽골 대학생들의 많은 바람이 대한민국에 한 번 가보는 것이라고 하니, 우리나라를 향한 마음이 얼마나 큰지 알 수 있었다.

새로운 기회의 나라, 중국

2001년 8월 3일에는 중국 상해를 방문하는 기회가 있었다. 그때 당시만 해도 중국은 아직 경제적으로 덜 발달한 나라라는 인식이 강할 때였다. 그런데 상해에 도착하니 놀라운 변화가 일어나고 있었다. 높고 웅장한 빌딩들이 숲을 이루고 있었던 것이다. 결코 상해는 서울보다 뒤떨어지는 도시가 아니었다. 사람들은 둥글둥글하고 작은데 웬 빌딩들은 그렇게 크고 높은지, 그때 나는 중국에 대해 갖고 있던 고정관념이 다 무너지고 말았다.

독특한 광경도 볼 수 있었다. 상해 사람들은 아침마다 골목길과 광장에서 삼삼오오 모여 태극권으로 하루를 시작했다. 아파트 앞 골목이나 시청 앞, 백화점 광장 어디서든지 모두 나와 모여서는 심신 단련을 했다. 저녁에도 마찬가지였다. 어디서 왔는지 사람들이 금세 모여서는 온 동네 사람들이 함께 춤을 췄다. 아주 여유로운 모습이었다.

상해에 와서는 관광 도시의 진면목을 볼 수 있었다. 홍콩이 야경의 도시라고 하지만 내 생각엔 상해의 야경이 훨씬 더 아름다웠다. 상해는 중국에서 수도 베이징 다음 가는 경제 도시라고 한다. 금융과 산업의 도시라는 것을 느끼며 돌아올 수 있었다.

인생을 통해 배우다

뜻대로 되지 않을 때도 있다

2002년 강동구청장으로 당선되었던 김충환 전 구청장이 2004년 제17대 총선에 출마하게 됨으로 말미암아 2004년 6월 5일 강동구에도 재·보궐 선거가 열리게 되었다. 그 당시 나는 서울특별시의회 임기를 성공적으로 끝마친 후였다. 나는 고민하다가 결국 강동구청장 후보로 나가기로 결심하였다.

당시 모든 국민들이 새 정치를 바라고 있었기에 나 또한 새 정치로 구민들을 좀 더 돕고 싶은 마음이 있었다. 나에겐 구의원으로서의 기초의원 경험과 시의원으로서의 광역의원 경험이 있었고, 여러 가지 풍부한 사업적 경험이 있었기에 반드시 강동 구민들의 삶에 도움이 되리라고 믿었다. 그리고 나의 선구자적이고 시대를 앞서나가는 눈은 반드시 시민들이 바라는 새 정치를 하는 데 큰 도움을 줄 것이라 확신했다.

그렇게 나는 서울특별시의회의 건설위원회 위원으로서 활약했던 공로를 인정받아 열린우리당 공천심사위원회에서 시민운동가인 김동진 씨와 핸드볼 국가대표 감독인 권순창 씨, 그리고 이해식 현 강동구청장 등 총 4명과 함께 공개 심사를 거치게 되었다. 그리고 그 결과, 이해식 현 강동구청장과 내가 경선후보로 결정되었다.

나는 승리를 확신하였다. 나는 경선후보로서 이해식 후보를 이길 수밖에 없었다. 이해식 후보는 그 당시만 해도 한나라당에서 열린우리당으로 넘어온 지 얼마 안 된 정치인이었다. 호남사람들에게 굳건한 지지를 받고 있는 열린우리당의 경선에서 토박이 민주당 중진의원이었던 내가 한나라당에서 갓 넘어온 이해식 후보를 이긴다는 것은 자명한 사실이었다.

또한 연청회장과 강동구의원을 해온 토박이 민주당 중진이었음은 물론이요, 강동구 호남 향우회에서 14, 15대 호남 향우회장을 맡아 95년 당시 300명이었던 강동구 호남 향우회를 4,000명으로 확장한 일이 있었다. 그렇기에 그 일로 인하여 나는 호남 사람들로부터 더욱 굳건한 지지를 받고 있었다.

그에 비해 이해식 후보는 당시만 해도 한나라당에서 이부영 국회의원의 보좌관 출신으로 있다가 열린우리당으로 옮겨온 새내기 민주당 후보였다. 그러니 강동구 내에서 탄탄한 지지 기반을 갖고 있었던 나와 경선에서 이길 수가 없었다. 그러나 나는 모르고 있었다. 세상에는 가끔 우리의 운명대로 이루어지지 않는 일이 있다는 것을.

2004년 선거법이 바뀌면서 모든 후보들은 큰 혼란을 겪어야만 했다. 그 전까지만 해도 후보들은 시민들에게 자신의 사무실에서 밥을 해줄 수 있었지만, 이젠 어느 곳에서든 절대 밥을 사주지도 못하게 법이 바뀌어버렸다. 그 외에도 선거 활동을 돕는 인원들에게 돈을 주는 것 또한 금지되어버렸고 50배 과태료 제도와 선거범죄 신고자 포상금 제도가 만들어졌다.

그러나 이것은 그 당시에 적응이 되지 않는 일이었다. 물론 부당한 돈을 주거나 터무니없이 많은 돈을 주는 것은 되지 않는 일이지만, 적어도 자신의 선거를 힘써서 도와주는 사람들에게 수고비를 주거나 하다못해 자그마한 소정의 선물이라도 주는 것이 인지상정이었던 시절이었다.

이로 인해서 웃지 못할 해프닝도 많이 생겨났다. 2006년 한 지역 노인들은 선거와 관련 없는 친목계 모임을 하면서 1인당 2만 원짜리 오리고기를 먹은 일이 있었다. 그런데 입후보 예정자가 예정에 없이 참석해 인사하고 음식 값을 계산한 게 문제였다. 결국 노인들은 아무것도 모른 채 100만 원씩의 과태료를 물어야 했다.

이렇게 급하게 바뀐 선거법은 사람들에게 많은 혼란을 가져왔고 그 당시에 선거에 도전하던 이들을 어려움에 빠뜨렸다. 선거봉사자들에게 고마운 마음으로 봉사비나 조그마한 선물을 주는 것조차 하지 못하게 되어버리자 사람들은 어색해졌다. 법은 바뀌었지만 사람들이 적응을 하지 못한 것이다. 나 또한 내 선거를 도와주던 사람들에게 감사의 마음도 표하지 못하게 된 것이 참으로 불편하고 적응이 되지 않았다. 그러나 나는 최대한 법을 지키려고 노력하였다.

그런데 어느 날, 여성 부장이 나도 모르게 내 선거활동을 돕는 전화홍보 요원들에게 일당을 지급하는 일이 생겼다. 자신은 당연하다고 생각되는 일을 행한 것이었다. 그렇지만 바뀐 선거법을 엄하게 단속하고 있던 터라, 결국 그 일을 문제 삼은 사람들에 의하여 나는 선관위(선거관리위원회)에 가게 되었다.

선관위에서 나는 내가 시키지 않은 일이라며 말을 해보았지만 내 말은 전혀 들리지가 않는 듯했다. 모든 앞뒤 상황을 무시한 채, 오직 법을 집행하는 것에만 관심이 있었던 것이었다. 결국 선관위에 의하여 나는 강동구청장 후보로 더 이상 유세활동을 하지 못하게 되었다. 그리고 4년 2개월 동안 정치활동이 묶이게 되어버렸다.

그로 인해 나는 인생에서 큰 교훈을 배울 수 있었다. 바로 세상에는 최선을 다해도 어쩔 수 없는 일이 있다는 것이었다. 나는 최선을 다했고, 그 당시 강동구에서 가장 유력한 강동구청장 후보였음에도 불구하고 한 여성 부장의 실수로 말미암아 떨어져 버리고 말았다. 전혀 예상치 못했던 일이었지만 결과를 받아들여야만 했다.

그러나 나는 담담히 선거법을 받아들였다. 다시 도전할 때가 반드시 있을 터였다. 그때를 위해 다시 비상할 나의 날개를 갈고닦을 차례가 온 것뿐이었다. 나는 인생에서 배운 교훈을 통해서 이제 다음 날갯짓을 칠 때까지 좀 더 준비를 철저히 하리라 마음을 먹었다.

배움은 끝이 없다

쓰라린 아픔이었지만 나는 이대로 포기할 수는 없다고 생각했다. 비록 정치활동은 중단되었지만 나는 그 대신 사업과 학업에 특히 열중하기로 마음먹었다. 특히 학업에 대한 강한 열망이 있었다. 로진 패션을 운영하며 경영학을 배우지 못했던 아쉬움이 아직도 조금 내 맘에 남아 있었던 것이다.

물론 그때의 쓰라린 경험을 통하여서 나는 유선방송 사업을 성공적으로 해낼 수 있었다. 또한 실패의 경험을 통하여 좌절을 이겨내는 법도 배울 수 있었다. 로진패션의 부도는 내게 그 어떤 배움보다도 많은 깨달음을 주었다. 정말 그 경험이 값어치 있었다는 것은 사실이다.

그러나 마음 한편에 배움에 대한 열망이 불타오르고 있었다. 모든 것을 다 경험해서 깨달을 수는 없다는 것 또한 사실이었다. 불에 데면 화상을 입는다는 것을 경험을 통해서 알 수 있지만 그렇다고 직접 불에 델 수는 없는 노릇 아닌가.

전문적인 이론과 지식을 겸비하여서 그것들을 현실에 적용한다면 더욱 놀라운 효과와 효용성을 발휘해낸다는 것 또한 나는 경험으로 인해 알고 있었다. 대학(경동대학교)을 졸업한 후, 약간의 공백이 있었으나 나는 더 배우기로 결심하였다. 그렇게 나는 배움에 뜻이 있었던 홍춘표 구로구의장과 함께 초당대학교 산업대학원에 입학하여 행정학과 행정학전공 분야를 배우기 시작했다.

문제는 거리였다. 당시 나는 학업과 함께 서울에서 사업을 같이 하고 있었던 터라 서울과 초당대학교가 있는 전라남도 무안을 일주일에 3~4번씩 왕복할 수밖에 없었다. 나는 승용차를 타고 무안으로 내려가는가 하면, KTX를 타고 내려가 수업을 듣고는 사업을 위하여 다시 서울로 올라오기도 하였다. 그렇게 나는 서울과 무안을 일주일에도 몇 번씩 승용차와 KTX로 왕복하며 배움에 힘쓰기 시작했다.

내 스스로 배움에 대한 열망이 얼마나 집요했는지 깨달을 수 있었던 계기였다. 나는 모든 수업의 내용을 스펀지가 물을 빨아들이듯 무섭게 흡수했다. 공부는 어렵고 지루하다고 하지만 나에겐 공부가 정말 달콤했다. KTX에 몸을 싣고 갈 때면 나도 모르는 설레임에 가득차기도 했다. KTX를 타는 시간 동안 항상 공부할 책을 읽었고 전 시간에 배웠던 것을 복습하였다. 그렇게 열심히 공부하여서 난 결국 매학기 동안 우수한 성적을 내며 행정학 석사로 초당대학교를 졸업할 수 있었다.

내가 발표한 행정학 석사 논문은 〈행정환경 변화에 따른 지방의회 발전방안에 관한 연구〉라는 논문으로서 국내와 국제환경의 변화 속에서 지방의회가 주민의 대표기관으로서 주민의 삶의 질 향상을 위한 정책의 개발과 집행을 도모할 수 있도록 발전방안을 제시하는 것이 논문의 주요 골자였다.

21세기에는 급격한 과학기술과 정보통신의 발전과 더불어 세계가 하나 되는 글로벌화가 계속 진행되어 가는데 이것은 국내 인구구조의 변화, 지역 간 갈등의 심화, 산업구조의 변화, 노동 시간의 단축, 정부에 대한 국민의 의식변화로 나타나게 된다.

따라서 글로벌화는 자연스럽게 지역 행정에 영향을 미칠 수 밖에 없게 돼버리고, 지역 행정은 이러한 변화에 대응하여야 한다. 지방 의회는 이런 변화에 대비하여 지역정체성 개발 및 특성화 추진, 사이버 의정의 수행과 열린 정치의 중개자, 지역 생태사회의 미래모형 구축 및 실현, 지역사회의 유연성 확보, 의회위기론과 거버넌스Governance에 대응하는 활동을 담당해 주어야 한다.

거기에 주민 대표성을 제고시키는 한편, 정책개발 및 심의기능이 활성화되어야 하고, 자치단체에 대한 감시·통제기능이 활성화되어야 하고, 지방의회 의원에 대한 의정활동 지원기능의 효율화 방안이 강구되어야 한다.

또한 나는 논문을 통해 지방의회의 발전은 결국 지방의회 차원만의 문제가 아니라 한국 사회 전체 맥락에서의 관심과 접근이 필요하다는 것을 강조하였다. 각계각층의 지도자, 전문가 등이 현상 속에 내재해 있는 지방의회의 여러 문제점을 개선하고 혁신시키고자 하는 의지와 실천으로 접근해나갈 때, 국민 모두의 삶의 질이 보장되고 증대되는, 살고 싶은 대한민국이 될 것이라는 것을 역설한 것이다.

이렇게 지방의회의 발전방안을 심도 있게 풀어낸 내 논문을 통해 나는 이승주 지도교수에게 칭찬을 받으며 초당대학교 산업대학원 행정학과를 행정학석사로 졸업할 수 있었다.

나는 행정학 석사를 나온 이후, 쉴 틈도 없이 다시 배움의 길로 뛰어들었다. 이번엔 세한대학교(前 대불대학교) 대학원 경찰행정학과 행정학 전공이었다. 내가 앞으로 나갈 길은 다시 한 번 정치의 길이라는 생각이 있었기에 행정학을 더 배우고 싶은 마음이 있었기 때문이었다.

배움에 대한 열정이 다시 나를 움직였다. 승용차와 KTX를 번갈아가며 타고는 이번엔 전라남도 영암으로 학교를 다니기 시작했다. 그렇게 열심히 학교를 다닌 결과, 나는 박사논문인 〈환경행정기관의 협력체계에 관한 연구〉 논문을 내고 우수한 성적으로 박사학위를 받고 졸업할 수 있었다.

이 논문은 우리나라의 급격한 산업화에 따른 환경변화로 인해 발생한 환경문제에 대한 심도 있는 논의를 펼친 논문이다. 이 논문은 경제발전에 따른 환경문제가 발생함으로 인해 환경부가 조직되었고 환경부에서 환경문제를 해결하려고 노력하고 있지만, 환경행정이 여러 중앙부처에 다원적으로 분산되어 있어, 환경부가 이러한 환경행정업무를 통합하고 조정할 수 있는 기능이 미약하다는 것을 날카롭게 지적해내었다.

행정학박사를 수료하며

또한 정치·경제적 변화가 지속적인 환경보전에 책임을 지지 못했다는 것과 환경정책과 조화를 이루어야 할 정부부처의 정책들이 통합을 이루지 못한 것이 그 이유이기도 하다는 것을 밝혀내었다.

따라서 이 논문에서는 환경행정기관의 협력과 조정을 통한 협력체계 구축방안을 '환경과 경제의 선순환'을 뜻하는 '녹색성장Green Growth'에 집중적으로 맞추어서 설명하였다. 그리고 녹색성장이 이루어지기 위해서는 첫째, 다양한 환경행정정책을 조정하기 위한 기능을 강화하여야 하며, 이를 위하여 환경정책을 통합·조정하기 위한 기능이 강화되어야 함을 말했다.

둘째로는 환경행정조직을 체계화하고 이를 준수할 수 있는 기준을 시행하고 효과적으로 평가하여 환경보존계획을 수립하고 실행할 수 있는 권한을 부여해야 하며, 마지막 셋째로는 환경행정기관이 일반적인 문제에 대해 유연성을 발휘해야 한다고 말했다. 나는 또 한 번 훌륭한 논문으로 인해 교수님들의 박수를 받을 수 있었다. 이렇게 나는 많은 사람들의 박수를 받으며 세한대학교 행정대학원 경찰행정학과를 무사히 졸업하게 되었다.

40대였던 98년, 난 직장인과 사업가로 활동하면서도 수능시험에 응시하였다. 이후 국제대학교(전 경문대학교)의 전문학사를 거쳐 경동대학교로 편입하여 졸업하였고, 초당대학교 산업대학원 석사를 거치며 마침내 박사까지, 13년간의 기나긴 만학이 결실을 맺게 된 것이었다.

내가 여기까지 올 수 있었던 데에는 다른 사람들의 도움이 무척 컸다. 나를 만학의 길로 인도해주신 고향 친구 강영선과 함께 다닌 홍춘표 구로구의장, 국제대학교 이승훈 교수님, 이혜명 교수님, 그리고 경동대학교 신동진 총장님과 이재우 교수님께 감사드린다.

또 행정학석사과정을 마칠 수 있도록 도와주신 초당대학교 최병욱 총장님과 이승주 지도교수님, 박영미 교수님, 박일훈 교수님, 그리고 마지막으로 세한대에서 박사논문을 심도 있는 분석과 조언으로 완성도를 높일 수 있도록 지도해주시고 일깨워주신 류기환 교수님, 차용석 교수님, 이동명 교수님, 박상진 교수님, 정병수 교수님께 깊은 감사를 올린다.

살다 보면

정직해야 승리한다

인생을 살다 보면 사람이란 그 누군가에 의해 비판을 받고 저울에 달리게 된다. 정치인의 경우는 더하다. 질책, 오해와 모함을 밥 먹듯이 먹는 것은 물론이요, 말도 많고 탈도 많은 것이 정치인의 운명이라면 운명이다. 바람결에 실려 오는 이런 저런 소리를 다 듣고 따진다면 수명대로 살 수가 없다.

그렇기에 정치인은 모든 비판을 수용하여 너그럽게 받아들이는 이해의 지평을 넓혀가지 않으면 안 된다. 그렇게 하지 않는다면 정치인은 스스로 자멸하고 만다. 정치에 입문한 사람치고 그 정도 이론을 모를 리 없으나 막상 내가 정치인이 되고 나니 이론과 실제는 너무도 그 얼굴이 달랐다. 말도 많고 탈도 많은 세상이겠거니 다부지게 마음을 먹어도 억지의 모함이 난무할 때면 그 실제 상황을 웃어넘기기가 힘들었다.

시의원에 입후보하였을 때도 유언비어가 난무하였다. 당선될 때까지 모든 것을 참고 웬만한 일이면 모른 척해야 했으나 참으로 황당한 이야기가 구내에서 돈 적이 있었다. "김노진 부인은 비서 출신이었다."라는 말이었다.

사실 유언비어가 떠돌면 그것을 유포한 장본인이 대강 누구인지 짐작할 수 있고 물어물어 찾다보면 결국 다 알게 되는 법이다. 굳이 밝히진 않겠지만 당시에도 나는 누가 그 이야기를 퍼뜨린 것인지 짐작하여 알고 있었다. 그러나 알아도 끝까지 참아야 했다. 화내고 따지고 목소리가 큰 것보다 말없이 침묵하는 것이 이기는 것임을 알았기 때문이었다.

어차피 찾아가 따져보았자 근거 없이 더 소문만 커질 것을 알기 때문이기도 했다. 이것을 어떻게 해명할 수가 있단 말인가. 아내는 그러나 그런 소문을 듣고서도 태연한 얼굴로 평상시처럼 행동하였다. 분하고 억울한 말을 듣고도 참아준 것은 정치하는 남편을 위해서였을 것이다.

그 사람을 나무라기 이전에 당선만이 이기는 길이라고 생각한 우리는 더욱 열심히 뛰어 5대 시의원 당선의 기쁨을 안게 되었다. 당선이 되고 나니 유언비어는 언제 있었냐는 듯 꽁무니를 빼고 달아났다.

한 번은 이런 적도 있었다. 시의원으로 활동하던 2001년 2월 28일 한국일보와 한겨레신문에 '서울시 고위직 의원 재산 공개 내용'이라는 박스 기사가 게재되었다. 그중에 가장 크게 나온 단어가 공직자재산등록에서 '김노진 시의원 47억 늘어 최고'라는 단어였다.

그 기사가 나자마자 순식간에 의원 사무실로 전화가 빗발치더니 이상한 소문들이 돌기 시작했다. "역시 시의원이라는 것들도 국회의원과 다를 것이 없다." "정치를 한다는 것들이 사리사욕과 부정부패에만 눈이 멀어 있다." 이런 말들은 물론, 심지어는 "어떻게 해서 그렇게 뒷돈(?)을 잘 모을 수 있느냐."고 슬쩍 내게 물어오는 사람까지도 있었다.

그러나 떳떳한 정치인으로서 나는 하나의 부정도 없이 오직 내가 17년간 열심히 사업하며 이끌어온 결실임을 이 자리에서 명명백백하게 밝힌다.

84년 한국에 유선방송을 최초로 개발하여 한국유선방송을 전국에 발전시켜왔으며 2000년 9월 30일까지 17년간을 시설과 가입자 확보를 하는 데 총력을 기울였다. 그러나 김대중 정부에서 통합방송법을 통과시킴에 따라 내가 운영하던 한국유선방송의 모든 시설을 아날로그에 디지털 방송 시설로 바꿔야 했기에 결국 난 한국유선방송을 씨엔앰(조선무역)에 매각할 수밖에 없었다.

그 매각 대금과 기타 사업소득을 합한 금액이 47억여 원이었던 것이다. 그것을 공직자 윤리위원회에 신고할 의무가 있어서 신고했을 뿐이었다. 나는 괴소문과 신문기사 덕에 이후 20일간 혹독한 세무조사를 받았다. 그리고 한동안 소문이 떠나갈 때까지 몸조심을 하면서 살아야 했다.

그러나 그런 일들도 지금 생각하면 정치인생의 한 부분이라는 생각이 든다. 정치인은 나라와 국민을 위하여 사는 사람이기에 이런 모함이 있을 수 있다는 것쯤은 감당해내야 하는 것이다.

정치인에게 무엇보다도 중요한 것은 바로 정직이라고 생각한다. 정직함은 신뢰의 뿌리가 되어주며, 신뢰감이 없다면 그 정치인은 금방 민심을 잃고 만다. 김수영 시인이 말하기를 민심은 풀과 같은 것이라고 시에서 말하기도 하였다. 그 민심을 사로잡기 위해서는 굳건한 아름드리나무처럼 땅에 깊은 뿌리를 박고 서 있어야 할 것이다.

나눔을 통해 배우다

더불어 함께 사는 사회

사업을 하면서 사무실에 걸어놓았던 '세상에 공짜는 없다'라는 좌우명을 나는 의원이 되고 나서 바꾸기로 마음을 먹었다. 철저히 이익을 추구하는 사업적 마인드로 회사를 경영해왔다면, 이제는 사회에 나의 자산을 환원하는 마음으로 의원직을 수행해야 함을 깨달았기 때문이었다.

사무실에 걸어놨던 좌우명을 '더불어 함께 사는 사회'로 바꾸고 그것을 실천하기로 굳게 다짐했다. 더불어 함께 사는 사회를 만들어 보기로 말이다. 우선 그 당시에 의원을 한다는 것 자체가 돈을 벌 수 있는 것이 아니었다. 그야말로 명예직이었다.

내가 처음 구의원을 했을 때에는 월급이 없었다. 오직 회의할 때 회의비 몇 십만 원을 받는 게 의원 보수의 전부였다. 많은 의원들이 그에 대해서 불평하였고, 모두들 월급이 꼭 필요하다며 말하곤 했다. 그러나 그럼에도 불구하고 난 묵묵히 의원으로서 최선을 다하여서 열심히 일했다. 재정을 이미 갖추고 있었기에 그럴 수 있는 거라고 비난하는 사람도 있었지만 결코 그런 이유만은 아니었다.

의원이 되고 나니 강동구지역에 너무나 개선해야 할 점이 많다는 것을 느낄 수 있었다. 거리를 지나가다 보면 눈에 잘못된 것들만 들어왔다. 망가진 보도블록, 하수도 박스, 아스팔트 노면, 신호등, 표지판 등등 "직업은 못 속인다."라는 말이 있듯이 주민의 불편 사항들이 한눈에 더 잘 보이곤 했다.

나는 열심히 의정활동을 통하여 망가지거나 불편한 시설들을 모두 새것으로 바꾸고 예산을 잡아 개선 공사를 진행시켰다. 한국유선 방송국을 경영하던 사업가가 이제는 지역과 국가를 위하여 필요하다면 마다 않고 나서는 정치인이 된 것이었다. 함께 살기 위해선 나눌 줄 알아야 했다.

지금 생각하면 그때 무보수 명예직이었기에 오히려 사람들이 의원직을 더 열심히 하지 않았나 하는 생각이 든다. 정말로 돈을 받지 않고서도 정치를 하고, 또 구민들을 위하여 열심히 일

할 사람만 의원에 들어왔기 때문이었다. 지금은 아무리 낮은 의원이라도 무조건 들어와서는 연봉계약을 하게 돼있다. 명예직이 아니라 계약직이 되어 버렸다. 이것이 장차 앞으로 어떤 영향을 미칠지 난 알 수 없지만 가끔은 예전의 무보수 명예직 시절이 더 좋지 않았나 하는 생각이 들기도 한다.

정치에 혜안이 있고, 정치에 열정이 있는 사람이 들어오기보다는 의원이 되면 돈을 받으면서 잘 먹고살 수 있다는 생각에 의원직을 철밥통으로 여기며 들어오는 사람들이 있기 때문이다. 말 그대로 정치를 먹고살기 위하여 직장을 다니는 식으로 하게 된다. 또는 지역 토호 세력들이 자신의 사업영역을 늘리기 위하여서 추가로 의원직을 하는 경우까지 발생하는 것을 보았다.

그러나 정치는 나라를 위한 것, 국민을 위한 것이기에 반드시 투철한 사명감을 가진 사람이 해야 한다. 그런 이유로 나는 기초의원직을 지금보다 더 축소하고 광역의원을 늘리는 것이 더 낫지 않겠냐는 생각을 해본다. 물론 기초의원이 지금은 더 적어졌고 축소되었지만 아직도 많다는 생각이 들기 때문이다.

더불어 함께 사는 사회는 투철한 사명감을 가진 정치인이 정말로 나라와 한 지역을 위하여 힘쓸 때만이 이룰 수 있는 것이다. 정치를 불순한 목적으로 이용하려는 사람들이 이 나라의 정치에 자꾸 간섭하여서는 안 될 것이다.

평등과 분배가 살 길이다

정치를 하면서 배운 또 한 가지 사실은 한국의 복지정책이 선진국에 비하여 많이 열악하다는 사실이었다. 한국의 복지정책은 1980년대 초반까지 성장 위주의 경제정책으로 '절대빈곤 해소 중심'의 소극적인 자세를 유지하고 있었다. 그 정책은 1980년대 후반이 되어서야 국민연금, 의료보험, 고용보험의 도입으로 이미 시작한 산재보상보험과 더불어 4대 사회보장보험의 기본 틀을 갖추게 되었다.

그 이후, 복지정책의 발전은 조금 뜸하였다. 1995년이 되어서야 사회복지기획단을 발족하여 국민복지 기본 구상을 발표한 바 있으나, 사회복지의 개념을 확대시켰을 뿐, 삶의 질 향상을 구체화하는 데 필요한 배분적 정의 실현에 대한 구체적인 모형 제시에는 실패했다고 할 수 있다. 그리고 그때 이후로 복지정책의 발전은 아직까지도 요원한 것이 현실이다. 이런 의미에서 진정한 분배정의가 실현되기 위한 정책이 필요하다.

그러기 위해서 첫째 균등한 기회의 부여가 있어야 한다. 누구나 사회에 참여할 수 있는 기회가 균등하게 주어져야 한다. 현재 생산에 참여할 수 있는 기회는 교육과 상속에 의해 결정되는 일이 많다. 높은 교육을 받은 사람이 좀 더 좋은 기회를 붙잡을 수 있고, 상속을 많이 받은 사람도 좀 더 좋은 기회를 붙잡을 수 있다는 것이다. 그런데 아이러니한 것은 교육의 기회를 균등하게 하려 노력하였더니 오히려 부정적인 상황이 발생했다는 것이다.

현재 우리나라는 중학교까지 교육의무화로 인하여 교육열기가 갈수록 뜨거워지고 있는 것이 현실이다. 90년대만 해도 대학교를 간다는 것은 특별한 공부기회를 얻는 것이었지만 이제는 대학을 가는 것은 필수를 넘어서 당연한 일이 되어가고 있다. 그리고 그로 인해서 교육이 더욱 더 치열해지고 가속화되는 부정적인 상황을 낳고 있다.

아이들은 취업하기 위하여 여러 개의 자격증을 따는 것은 물론 해외연수, 자원봉사, 각종 공모전 수상 등 화려한 스펙을 쌓기 위해 노력해야 한다. 대기업에 들어가려면 거의 몇 백대 일의 경쟁률을 뚫는 것은 예삿일이다. 최근에는 알프스 스펙(?)을 쌓아준다는 스펙대행업체까지 등장하기도 했다. 돈만 주면 전문산악인이 알프스 등반을 함께해 주고, 알프스에서 사진을 찍고 내려오게 해주는 것이다. 이런 알프스 등반 체험이 다양한 체험을 함으로써 도전정신을 키울 수 있었다는 스펙을 추가시켜줄 수 있어서 이러한 의뢰가 꽤 많이 들어오고 있다고 한다.

교육수준이 높아짐으로 말미암아 아이들이 더욱더 좁은 길로 들어가려고 애써야 하는 상황이 발생해버린 것이다. 이런 의미에서 현실적으로 균등한 기회부여를 위해서는 교육수준을 높이기보다 고용창출이 더욱 필수적이라고 말할 수 있겠다.

두 번째는 절대빈곤층의 해결이다. 우리나라가 이미 많이 발전한 상황에서 이게 무슨 소리냐는 말이 나올 수 있지만 우리나라는 갈수록 빈부격차가 심해지는 상황에 처해있다. 가난한 사람들은 점점 가난해지고 있다는 이야기이다.

나는 봉사활동을 하는 한 선생님으로부터 굉장히 충격적인 이야기를 들은 적이 있다. 한데 이 이야기는 우리가 흔히 어디에서나 볼 수 있는 사람들의 이야기이다. 바로 폐지를 주워 나르는 어르신들의 이야기이다. 폐지를 주워 날라서 그들이 하루 버는 돈은 만 원 남짓이다. 잘 벌어야 하루 2만 원을 벌기가 힘들다.

서울의 한 지역정책연구소가 관악구에 사는 폐지 수집 노인 127명을 조사한 결과 응답자의 80%가 70세 이상의 고령층이었고, 아울러 응답자의 32%는 폐지 수집으로 벌어들이는 돈이 한 달에 10만 원도 안 된다고 답하였다. 하루 종일 추위와 더위에 고생하며 폐지를 모은 결과가 고작 하루 일당 1만 원도 되지 않는 것이다.

봉사활동을 하는 그 선생님은 내게 더 충격적인 이야기를 들려주었다. 그분은 가난한 노약자들의 집을 깨끗하게 고쳐주는 인테리어 사업을 하고 계시는 분이셨는데, 하루는 폐지를 줍는 어떤 어르신의 집을 방문해서 인테리어를 개조를 하려고 했다.

그런데 집에 들어가 보니 바퀴벌레가 집안 온 사방을 기어 다니고 있었던 것이었다. 집 안에 바퀴벌레가 수천 마리는 살고 있는 듯했다. 그래서 이불을 들쳐보니 이불 안에도 바퀴벌레가 살고 있었고, 바퀴벌레 알들이 가득 들어있었다고 한다. 이불이 아니라 바퀴벌레를 덮고 살았던 것이다.

그 할머니는 잘 때면 바퀴벌레가 코로 들어가고 귀로 들어가고 입으로도 들어가서 아주 고통스럽다고 말하였다. 결국 그 선생님은 바퀴벌레 약을 5통이나 쓴 후에야 집을 새로 개조할 수 있었다고 한다. 그런데 문제는 그 할머니뿐만이 아니라 그 지역에 사는 많은 어르신들이 그런 집에서 살아가고 있었다는 사실이었다.

나 또한 이 이야기를 듣고 많은 충격을 먹었다. 우리나라가 스마트폰 시장에 엄청난 영향력을 가지고 있고, 전자 제품 시장에서 세계에 아주 큰 영향력을 미치고 있지만, 정작 이 가난한 사람들에게는 그 혜택이 돌아가고 있지 않았던 것이다. 그런 면에서 평등과 분배를 위하여 절대빈곤층의 해소는 필수적이라 할 수 있겠다.

마지막으로 평등과 분배를 위해서는 제도의 개혁이 필요하다. 토지투기로 인한 이득의 철저한 환수, 복지제도의 확충, 공정한 상속제도의 실시, 재벌에 대한 적절한 규제, 정부의 횡포 방지 등 과감한 제도개혁이 철저하게 이뤄져야 한다.

결론적으로 정의로운 분배란 평등한 기회의 부여인 동시에 약한 자를 보살피는 것이다. 우리 사회에 이러한 정책들이 하루 빨리 설립되고 시민들의 의식도 개선될 때에 진정한 평등이 찾아올 것임을 난 믿는다.

베푸는 것이 곧 행복이다

나 또한 평등과 분배를 위하여서 노력하고 있는 일이 있다. 바로 라이온스 클럽에서 활동하고 있는 것이다.

라이온스 클럽이란 지역사회 발전과 세계 발전을 위하여 봉사의 영역을 넓혀야 한다는 신념으로 미국인 멜빈 존스Melvin Jones에 의하여 창설된 단체이다. 미국 내 9개주 22개 클럽에서 36명의 대표가 모여 "Liberty, Intelligence, Our Nation's Safety"라는 슬로건 하에 머리글자를 따서 단체의 이름을 정하였다. 1920년 캐나다 온타리오 주 윈저시에서 첫 해외 클럽을 조직하고 명칭을 라이온스 국제협회로 개칭하였다.

1925년 제9회 국제대회에서 H.켈러의 "라이온이여, 어두운 암흑의 문을 여는 십자군 기사가 되어다오"라는 유명한 발언으로 맹인을 돕고 눈을 보호하는 봉사운동을 시작한 이래 규모가 확장되어, 세계 최대의 봉사단체가 되었다. 봉사활동도 시력보존 및 맹인복지 외에 시민봉사, 청력보존 및 농자복지聾者福祉, 교육봉사, 환경보존봉사, 보건봉사, 공중안전봉사, 레크리에이션, 사회복지봉사, 국제협력 및 청소년 교환 등 10대 목표로 확대되었다.

1998년 1월 현재 전 세계적으로 4만 3,811개의 클럽에 142만 8,884명의 회원이 있고, 국제본부는 미국 일리노이주州 오크블룩에 있다.

한국에서는 1959년 2월 서울 라이온스클럽의 발족을 기점으로 발전을 거듭하여 1995년 7월 서울에서 제78차 세계대회를 개최한 바 있다. 한국은 전국 15개 지구, 1,300여 개 단위 클럽으로 미국·일본·인도에 이어 세계 4위의 라이온스 클럽 회원국이라는 위치에 있다. 한국본부는 서울특별시 종로구 적선동 80번지에 있다.

나는 82년부터 88라이온스 클럽에 가입하여 활동해왔으며 현재 라이온스 클럽에서 활동한 지 30년이 되었다. 나는 2012년에는 강동구 라이온스 회장, 2013년에는 국제 라이온스 클럽의 354-D지구 1지역 1지대위원장을 맡아 봉사를 해왔고 그동안 우리사회에 약한 자들을 보살피고 가난한 자들을 도와주기 위하여 최선을 다해왔다.

현재 강동 라이온스 클럽에서는 매년 어르신들과 노약자 분들을 찾아가 어려운 이웃들을 도와드리고 있으며 2013년 11월 20일에도 천호 2동 주민센터(동장 이기완)를 찾아가 차선자 및 저소득층 어르신 14명에게 생활비를 각 30만 원씩 전달(총 450만 원)해드리고 점심식사를 대접했다.

또한 매년 강동구청에 찾아가 한부모가정 청소년 5명에게 장학금 각 50만 원(총 250만 원)을 전달하고 있으며 10월 31일에는 제29지역 송파경찰서 강당에서 북한이탈주민 돕기의 일환으로 350만 원 지원(총 450만 원 중 강동 라이온스 클럽이 350만 원 지원) 등 많은 봉사활동을 하고 있다. 이와 더불어 강동 구민회관에서 열리는 경로잔치에 식자재비를 매년 2회 200만 원을 지원하고 있기도 하다.

또한 국제 라이온스 클럽의 회원으로서 나는 세계사회에도 관심을 가지고 국제적으로도 봉사를 하기 위하여 적극적인 모습을 보이고 있다. 해외봉사를 위하여 난 2012년 1월 18일~24일까지 다른 라이온스 클럽 회원들과 함께 베트남에 해비타트(사랑의 집짓기) 봉사를 갔다 왔다.

베트남 오지마을에 가서 집이 없는 가족들에게 집을 지어주는 봉사였는데 총 30채(약 1억 원)를 건설해주고 왔다. 그때 그 아이들의 눈빛을 나는 잊을 수가 없다. 어찌나 천진난만하고 해맑던지! 아이들을 껴안고 한참이나 있곤 했다. 처음에는 우리를 경계하는 듯한 눈빛이었지만 우리가 열심히 집을 지어주자 이내 우리에게 감사하다고 인사도 해주고 밝은 얼굴로 마을의 전통 음식도 대접해주며, 전통 춤까지도 보여주었다.

어느새 봉사로 인해 서로의 마음이 열리고 서로 행복해지는 효과가 일어난 것이었다. 집짓기로 인하여 이렇게 행복해지다니, 참 기쁘고 즐거운 봉사활동이었다. 떠날 때는 아이들의 모습이 아른거려서 쉽게 떠나지 못할 정도로 참 가슴이 짠했던 봉사활동이었다.

또 국제적 봉사활동의 일환으로 나는 2013년 7월 7일~7월 18일까지 제 96회 라이온스 클럽 국제대회에 참가하였다. 라이온스 클럽 국제대회에서는 세계평화와 인류복지 향상을 주제로 각국 회원들이 한자리에 모여 라이온스클럽의 봉사활동 및 방법 등에 관한 정보교환과 라이오니즘Lionism에 입각한 국제적인 봉사활동 등을 실시하게 된다.

제96회 국제대회에서는 독일 함부르크 및 북유럽을 방문하여 2차 총회, 제2부회장 및 국제이사를 추천하여 선발하고, 2013

베트남 해비타트 운동 가서 아이들과 함께

년~2014년도의 국제회장이 취임되는 취임식을 가졌다. 또한 2013~2014년도 지구총재 취임 및 국제 임원단 리셉션을 가지는 등, 국제 라이온스 클럽이 앞으로 나아가는 데 꼭 필요한 인재들과 리더 선발에 적극적으로 참여하게 되었다.

그리고 나는 최근에 2013년 11월 동남아대회 싱가폴 대회에도 참여하여, 라이온스 봉사 정신인 'We Serve'를 세계에 알리고 봉사의 정신을 발휘하고 돌아왔다.

나는 국제지구와 강동라이온스 클럽에서 활약한 공로를 인정받아서 라이온스 클럽 '무궁화사자대상'을 5회에 걸쳐 수상하게 되었다. 앞으로도 나는 국제 라이온스 클럽의 354-D지구 1지

라이온스 클럽 사자대상

역 1지대위원장으로서 '더불어 함께 사는 라이온'이라는 주제를 가지고 봉사활동에 전념할 생각이다. 또한 이를 실천하기 위하여 강동구 관내에서의 봉사활동과 해외에서의 봉사활동, 그리고 앞으로 내가 살아갈 강진에서 강진 라이온스 클럽에 합류하여 강진의 지역 봉사활동에도 적극적으로 참여할 것이다.

책을 통해 배우다

책이 선생이다

정치생활이 묶였을 당시 나는 대학교를 다니면서 공부도 많이 했지만, 그와 동시에 많은 책들을 읽었다. 책이 스승이라는 것을 뒤늦게나마 깨달을 수 있었기 때문이었다. 책은 짧은 시간 안에 한 사람이 살아온 인생과 그 사람의 가르침을 배울 수 있다는 데에 가장 메리트가 있다. 한 사람이 수십 년간 배워온 노하우를 우리는 단 몇 시간 만에 책이라는 방법을 통하여서 얻을 수 있기 때문이다.

요즘 서점가에서 가장 인기 있는 키워드 중 하나는 '인문학'이다. 동서양을 막론한 인문의 대가들이 다시 주목받고 있다. 더 붙어 학창 시절 문학 교과서에서나 접했던 고전들이 스테디셀러로 여전히 인기를 끌고 있다.

왜 이런 현상이 발생하는 걸까? 현대는 모든 것이 빠르게 변하는 세상이다. 얼마나 빠르게 변하는지 기술 변화의 속도를 인간이 따라잡을 수 없을 만큼 빠르게 변하고 있다. 어르신들 중에 스마트폰을 쓰지 못하는 사람이 꽤 많다. 스마트폰은 어르신들이 다루기에 너무 복잡하고 어려운 기능을 갖고 있기 때문이다. 그래서 '이지 모드'라는 어르신들이 이해하기 쉬운 모드를 스마트폰에 따로 탑재시키는 경우도 점차 늘어나고 있다. 기술의 속도를 인간이 따라가지 못하고 있는 것이다. 컴퓨터는 인간의 삶을 50년 만에 완전히 뒤바꾸어 놓았다.

이런 세상에서도 변하지 않는 가치가 있다. 재밌는 것은 인간이 궁극적으로 추구하는 가치가 대부분 이런 것들이라는 것이다. 행복, 사랑, 우정, 모성애, 도덕성, 꿈, 희망, 용기, 봉사, 성공, 등등……. 그런데 현대 사회의 변화로 이런 가치를 설명해 내기에는 무리가 있다.

스마트폰의 뛰어난 성능을 토대로 사랑을 설명할 수도 있겠지만, 한 편의 감동적인 러브 스토리가 사랑을 설명해 내는 데에는 훨씬 더 효과적이라는 것이다. 이런 면에서 변하지 않는 가치를 현대 문명으로 설명해 내는 것에는 조금 무리가 있다.

그 부분을 훌륭하게 채워주고 있는 것이 바로 책이다. 책은 활자이며 종이에 인쇄되는 순간 수정되지 않는다는 독특한 특성을 갖고 있다. 책 자체가 불변성이라는 특징을 지닌 것이다. 그렇기에 책이 말하고 있는 것도 변하지 않는 가치인 경우가 굉장히 많다. 우리 인간에게 꼭 필요한 영혼의 양식. 책은 그런 것들을 전한다.

현대 사회에서 인문학 책의 열풍이 다시 불고 있는 이유는 이런 이유 때문일 것이다. 변화를 추구하면서 잃어버린 변하지 않는 소중한 가치들. 그 가치들은 책을 통해서 얻는 게 훨씬 빠르고 효과적으로 얻을 수 있다.

책을 꾸준히 읽어온 사람이라면 안다. '인생의 좌우명이 될 하나의 구절과 처음으로 맞닥뜨린 순간'을……. 인생에서 가장 빛이 나는 그 순간을……. 사람과 마주하고 상대방의 이야기에 감화되어 얻는 감동도 크겠지만, 책을 읽을 때 느닷없이 다가오는 감동보다 더 큰 것은 없다.

책이 우리 삶에 좋은 네 가지 이유

첫째, 책은 사람의 마음에 원대한 꿈을 심는다. 어린 시절 위인전 한두 권쯤 안 읽어 본 사람은 없다. 세계를 호령했던 혹은 인류사에 길이 남을 지성으로 우뚝 솟았던 위인들의 삶과 발자취를 따라가다 보면 저절로 마음 한편에 웅대한 기상이 샘솟음을 느낄 수 있다. 책 한 권이 한 사람의 인생을 뒤바꾸는 것은 물론 나아가 그의 인생이 한 나라의 국운도 뒤바꿀 수 있으니 책의 힘은 정말 세다. 의원 시절 나 또한 어린 시절에 읽었던 위대한 링컨의 전기가 많은 도움이 되었다.

학교에서 배우는 교과서 이외에는 책 구경조차 힘들었던 시절, 우연히 접했던 미국 링컨 대통령의 전기는 내 삶에 큰 변화를 일으켰다. 시골 출신의 별 볼 일 없는 변호사였던 링컨이 미국이라는 그 큰 나라의 대통령이 되고 인류 문명의 흐름을 뒤바꾸고 역사에 길이 남는 별이 되어 가는 모습에 가슴이 뛰어 견딜 수가 없었다. 나도 모르게 '저런 삶을 살고 싶다.'라는 생각이 머릿속 깊이 자리를 잡았다. 그때 내가 링컨의 전기를 읽지 못했다면 우리 국민 모두가 잘 사는 나라를 만들자는 마음을 먹지도, 노력하지도 않았을지 모른다.

나는 그때 깨달을 수 있었다. 사람의 마음에 원대한 꿈을 심는 가장 적합한 수단은 책이며, 많은 위인들이 한결같이 자신의 인생을 뒤바꾼 책에 대해 이야기한다는 사실을 말이다.

둘째, 인생 곳곳에 생기는 틈을 알차게 메워 준다. 우리는 하루에도 참 많은 일을 하며 보내지만 실상 들여다보면 쓸데없이 보내는 시간이 더 많다. 출퇴근을 할 때는 스마트폰이나 들여다보기 일쑤고 식사를 마치고 나면 꾸벅꾸벅 졸기 마련이다. 집에 와서는 텔레비전이나 컴퓨터 앞에 앉아 있다가 그대로 잠이 들어 버리는 하루. 이런 사람이 한둘이 아닐 것이다.

그 무익한 시간을 유익하게 뒤바꾸는 방법은 두말할 필요 없이 독서다. 자투리 시간들을 모으면 아무리 적게 잡아도 하루에 2, 30분은 나온다. 그렇게 일주일이면 서너 시간, 일 년이면 평균 보름은 된다. 하루에 한 권이라고 계산해도 열다섯 권! 가장 책을 안 읽기로 소문이 난 대한민국에서, 남들보다 일 년에 책 열다섯 권 이상 읽으면 지성인 대접을 받고도 남을 일이다.

셋째, 현대인에게 리더로서의 자질과 경영인으로서의 성품을 키워준다. 잠시 언급이 되었지만 인문학 열풍의 중심에는 한창 사회생활 중인 직장인들이 있다. 치열한 다툼과 암투가 벌어지는 조직 내에서 살아남고 더 높은 곳으로 나아가기 위해서 성현들의 말씀에 귀 기울이고자 한 까닭이다. 통속적인 자기계발서나 직장생활 안내서를 읽어서는 부족하기 때문이기도 하다. 일반 직원뿐만이 아니다. 크고 작은 기업들이 CEO들 역시 인문학에 열광한다.

많은 사업을 해오며 참 다양한 CEO들을 만나왔지만 좋은 기업, 오래 가는 기업의 사장들은 하나같이 책을 가까이하는 사람들이었다. 그 바쁜 일상 속에서도 책을 읽을 시간이 있을까 궁금했지만 어떤 이는 하루에 한 권 정도는 우습게 독파한다고 했다. 책임이 많아지는 자리에 오를수록 해박함과 고상한 성품을 두루 갖춰야 한다. 다독한 사람에게서만 풍기는 기품이 상대방에게 신뢰감과 존경심을 불러일으킨다.

책을 선정할 때는 베스트셀러에 꽂힌 자기계발서보다는 현재 종사하는 직종과 관련된 실무서를 중심으로 사회 교양서, 인문서, 철학서 순으로 읽어 나가는 것이 좋다. 자신의 직업에 대해 완벽히 마스터하고 사회의 흐름을 파악한 후 인문학적인 관점에서 견지하고 철학서를 통해 그 깊이를 더하라는 말이다.

넷째, 마지막으로 책을 많이 읽어야 좋은 부모가 될 수 있다. 어떤 부모들은 자녀들에게 죽도록 공부를 강요한다. 물론 아이들이 말을 잘 들으면 좋겠지만 뜻대로 자녀교육이 된다면 사교육이 왜 판을 치겠는가. 아이들은 부모의 거울임을 잊지 말아야 한다. 자녀가 책을 죽도록 싫어한다면 그 까닭은 부모에게 있다. 부모 역시 자녀 앞에서 한 번도 책을 읽지 않았기 때문이다. 어린 시절부터 책 읽는 모습을 자주 보여주면 아이들 역시 자연스레 부모의 행동을 따라 하기 마련이다.

소통이 없는 세대를 위하여

최근 책을 읽으면서, 또 뉴스를 보면서 많이 깨달은 것이 있다. 바로 부모 세대와 아이 세대들 간의 거리가 점점 멀어지고 있다는 사실이었다. 그 예로 우선 대표적인 것이 쓰는 말의 차이라고 할 수 있겠다.

십대 이십대 아이들이 쓰는 단어들을 보면 어른들은 도저히 알아듣지 못할 때가 많다. 나도 요새 아이들이 지나다니면서 쓰는 말을 간혹 듣게 되면 '과연 이것이 한국말인가?' 하는 생각이 들 때도 한두 번이 아니다.

예를 들어 '빼카충'이라는 말이 있다. 이게 도대체 무슨 말인가 싶어 지나가는 아이를 붙잡고 물어봤더니 '버스카드 충전'의 줄임말이라고 한다. 또 '레알?'이라는 말은 'Real'이라는 영어 단어를 소리 나는 대로 발음한 것으로 '진짜?'라는 뜻으로 많이 쓰인다고 한다. 이외에도 그 뜻을 알지 못하면 도저히 쓰지 못하는 단어들이 너무나 많이 있다. '볼매'는 '볼수록 매력 있는 사람', '갑툭튀'는 '갑자기 툭 튀어나옴'의 줄임말로 깜짝 놀랄 때 쓰는 말이다. 최근 유행하는 '멘붕'이란 말은 '멘탈 붕괴'의 줄임말로 정신을 차릴 수 없을 만큼 황망한 상태임을 뜻한다.

무슨 말인지 알겠는가? 설명을 안 보았다면 알아들을 수 없는 단어가 대부분이었을 것이다. 영어를 알지 못하는데 영어를 쓰는 사람과 어떻게 소통을 할 수 있겠는가? 바디 랭귀지를 통한 몇 가지 극히 제한적인 소통만이 가능할 것이다. 이와 마찬가지로 젊은 세대들이 쓰는 단어를 중장년 세대들은 알아들을 수 없기에 그로 인해서 소통이 제한되고 세대 간의 단절이 발생하게 된다.

한 출판사에서 설문조사를 했는데 초등학생 10명 중 7명이 하루 평균 부모와 대화하는 시간이 1시간 미만이라는 결과가 나왔다고 한다. 참 심각한 상황이라고 할 수 있다. 부모와 자녀 간의 대화 부족은 결국 부모와 자녀의 정서적 공감 부족으로 이어지고 이는 가정 및 사회 문제를 일으키는 근원이 될 수 있다. 학교에서 문제를 일으키는 학생 10명 중 8명이 가정문제가 있는 집이라고 하니 그 심각성을 깨달을 수 있을 것이다.

얼마 전 아침뉴스에서는 가슴 아픈 소식을 들을 수 있었다. 부모의 말을 안 듣는 아이를 밀착 취재한 방송이었는데 아이는 부모의 말을 전혀 듣지 않고 온종일 게임만 하는 데 익숙해져 있는 상태였다. 엄마가 게임 좀 그만하라고 말하자 엄마에게 입에 담지 못할 욕설을 하기도 했고, 심지어 엄마가 게임을 그만하라면서 아이의 어깨를 만지자 엄마를 밀어서 넘어뜨리고는 욕설을 심하게 퍼붓기도 했다. 엄마의 다리를 보자 아들이 게임하는 것을 말리다가 상처를 입어서 다리에 멍이 맺혀 있었다.

이게 과연 사람으로서 마땅히 할 일인가? 인륜을 저버린 비참한 사건이었다.

그 이유도 결국은 소통의 단절 때문이었다. 아이는 취재진과 이야기를 하면서 "엄마 말은 듣기 싫어요. 날 이해하지도 못하는데요."라는 말을 계속 했고, "그냥 게임하면 좋아요. 누구와도 얘기하지 않고."라는 말도 많이 했다. 아이가 게임을 하면서 대화를 중단하게 되었고, 그로 말미암아 소통의 부재가 일어나 세대 간의 단절이 일어난 것이었다. 단절은 이처럼 끔찍한 반인륜적 행위까지도 일으킬 수 있다.

이러한 사태를 막기 위해서는 어떻게 해야 할까? 소통이 살아나는 것만이 답이다. 대화해야 한다. 서로 간에 마음을 열려고 노력해야 한다. 상대방의 말을 경청하는 법을 배워야 하며, 상대방이 진심으로 무엇을 원하고 있는지, 상대방이 무엇을 이야기하고 있는지 깨달아 알아야 한다.

아이와 대화가 단절된 경우에는 부모가 먼저 변하는 자세가 필요하다. 아이에게 변화의 필요성을 먼저 요구하는 것은 아이의 반항심을 더욱 부추길 수 있기 때문이다.

아이에게 왜 이런 잘못을 하느냐고 추궁하기보다는 왜 그렇게 됐는지를 묻고 진심으로 들어주려는 마음이 있어야 한다. 해결을 요구하기보다 그저 아이의 말을 들어주고 아이의 심정을 존중해주는 것. 그것이 첫 번째 해결책이라 할 수 있다. 그리고 이 첫 번째 해결책을 끈질기게 반복하여서 아이의 마음이 온전히 열리도록 해야 한다. '나는 너를 사랑하고 있단다.'라는 확신을 아이에게 심어주어야 하는 것이다. 그렇게 아이의 마음이 열린 후에야 비로소 논리적인 대화가 가능하다. 마음을 먼저 풀어주고 난 후에 해결책이 논의되어야 하는 것이다.

소통의 단절은 서로 간에 메마른 땅을 남긴다. 그리고 그 메마른 땅은 진실한 대화라는 강줄기가 터져 서로 간에 흐르지 않으면 결코 비옥한 땅이 될 수 없다. 그 사실을 먼저 깨닫고 아는 자가 대화를 하려고 노력해야 할 것이다. 그렇게 세대 간의 소통이 터질 때 우리 대한민국은 더욱 건강해질 수 있을 것이다.

Part 4

내가 돌아갈 곳,
강진

나는 돌아왔다.
내가 사랑해야만 하는 곳. 나의 고향 강진으로.
그리고 이제 나의 도전을 다시 시작하려 한다.

연어는 기억해내었다. 이제 자신이 강으로 돌아가야 할 때가 왔다는 것을. 그는 다시 힘찬 몸짓으로 바다를 거슬러 올라가기 시작했다. 자신의 몸에 남아 있는 아직 지워지지 않은 강물의 냄새를 뒤쫓아, 세월을 거슬러 강의 향내를 뒤쫓기 시작했다.

연어가 결국은 자신이 태어났던 강으로 돌아오듯이 나의 인생도 어떻게 보면 강진에서 태어나 강진에서 마지막 여생을 보내는 삶이라는 생각이 든다. 내 안에 항상 간직하고 있었던 그리움. 그것은 강진의 부흥과 성공을 위해 헌신하고자 하는 마음이었으리라.

강가에서 머물 수만은 없다는 생각에 바다로 떠나 성공하고 싶은 꿈을 꾸었고, 나는 도망치듯 서울로 떠났었다. 그리고 성공을 위해 미친 듯이 내달렸던 내 인생은 쉴 틈 없는 도전의 연속이었고, 식지 않는 활화산 같은 열정의 발걸음이었다.

그렇게 나는 화려한 성공을 했고, 서울에서 남부럽지 않게 정착을 하였다. 그렇지만 이제 나는 강진으로 돌아가려 한다. 강진이 내 마음속에서 잊혀지지 않기 때문이다. 언제나 내 마음속에서 지워지지 않던 나의 고향.

나는 이제 강진에서 다시 한 번 새로운 도약을 준비할 것이다. 강진의 발전을 위해 내 모든 것을 바쳐 헌신할 것이다. 그리고 강진을 그 어느 도시 부럽지 않은 선진도시로 바꾸리라. 강진을 발전시키기 위한 새로운 도전을 나는 이제 시작하려 하고 있다.

– 강으로 돌아오다

꿈꾸는 강진

문화 관광의 도시

전라도, 가장 끝자락의 땅인 강진은 백제시대 도무군의 '도강'과 동음현의 '탐진'이 영합된 지역으로 도강의 '강'자와 탐진의 '진'자를 합하여 '강진'이라 불리게 되었다. 강진은 원래 옛적부터 수도 한양에서 먼 곳이고 사람의 발길이 힘들었던 탓에 다산 정약용을 비롯한 숱한 선비들이 유배를 왔던 곳이다.

'모란이 피기까지는'의 시인 김영랑의 고향이고, 우리나라에서 최초로 청자를 만들어낸 도요지이고, 백련사, 무위사 등의 유명사찰이 있는 곳이기도 하다. 인구수는 약 40,000명이며 어류와 패류가 풍부한 천혜의 바다와 자연을 간직한 도시이다. 따라서 농수산업이 주로 발전하여서 농경지를 많이 가지고 있는 농경의 도시이기도 하다. 또한 워낙 자연의 모습을 그대로 간직하고 있는 강진이기에 강진은 옛날부터 남도답사 1번지라 칭해질 정도로 볼거리가 풍성한 문화관광의 도시였다.

『나의 문화유산 답사기』를 쓴 유홍준 저자는 1권 책의 맨 앞 제1장 1절에서 '남도답사 1번지'를 넘어 '남한답사 1번지'라고 강진을 정하기도 했다. 본인도 모르게 강진을 8번을 다녀올 수밖에 없었다며 강진에는 알지 못할 뜨거운 아름다움이 있다고 저자는 말하였다.

『나의 문화유산 답사기』 유홍준 저자가 가슴에 안았던 곳은 월출산, 도갑사, 월남사터, 무위사, 다산초당, 백련사, 칠량면의 옹기마을 그리고 사당리의 고려청자 가마터이다. 『나의 문화유산 답사기』를 본다면 왜 강진이 남한답사 1번지인지 잘 알 수 있을 것이다. 그만큼 강진은 볼거리가 풍성하고 역사적 문화와 전통을 간직하고 있다.

우선 강진은 9세기부터 14세기까지 고려청자를 제작하였던 곳으로 우리나라 청자의 변화과정을 일목요연하게 볼 수 있는 청자의 보고寶庫이다. 이 지역에서 발견 및 발굴된 청자가마터는 총 188기로, 이는 우리나라에 현존하는 청자가마터의 50% 이상을 차지한다.

이에 강진에서는 고려청자의 체계적인 보존과 연구를 위하여 1997년 9월 '강진청자자료박물관'을 개관하였다. 이 박물관은 국내 유일의 청자박물관으로서 다양한 청자의 아름다움을 보기 위해서 사람들이 꼭 들르는 관광 필수 코스라고 할 수 있겠다. 또한 매년 여름에 문화체육관광부에서 2002년부터 9년 동안 대한민국 최우수축제로 선정한(2013년에도 선정됨) '강진청자축제'를 개최하니 이때 강진을 오신다면 꼭 관람해야 할 것이다.

두 번째로 강진은 다산 정약용 선생의 유배지로서 정약용 선생은 강진 다산초당에서 10여 년을 지내면서 제자들을 가르치며 책을 저술하였다. 정약용 선생은 유배를 와있는 상황이었음에도 불구하고 1,000여 권의 책을 읽으며 그의 사상과 정신이

다산초당

집약되어 있는 『목민심서』를 저술하는 등, 이곳 다산초당에서 가장 활발한 활동을 전개하였다.

다산 정약용 선생은 18세기 실학사상을 집대성한 한국 최대의 실학자이자 개혁가이며, 개혁과 개방을 통해 부국강병富國强兵을 주장하였다. 그의 저서인 『목민심서』 『흠흠신서』 『경세유표』는 그의 뛰어난 사상을 엿볼 수 있는 실학사상의 대표적인 책이라 할 수 있다. 이처럼 다산 정약용 선생이 책을 집필하는데 많은 시간을 쏟을 수 있었던 다산초당은 아주 중요한 문화유적지라고 할 수 있다.

다산초당에는 차를 끓이던 약수인 약천, 차를 끓였던 반석인 다조, 연못 가운데 쌓여있는 연지석가산, 천일각이라는 정자가 있다. 또한 다산초당 근처에는 다산 정약용의 일생과 업적, 유물 등을 조형물로 입체감 있게 전시해놓은 다산유물전시관이 있으니 이곳도 빼놓지 않고 들러야 함은 물론이다.

그 외에도 다산초당 입구에 있는 전통 찻집인 '다신계'는 전 강진군수인 윤동환 군수가 경영하는 찻집으로 맛이 진하기로 유명한 강진 야생녹차 및 다양한 차들을 즐길 수 있고, 기념품도 구입할 수 있으므로 들러볼 필요가 있다. 다산 정약용은 유배생활의 적적함을 달래기 위하여 한국 차茶의 아버지인 초의선사와 함께 다도茶道를 즐기며 이야기를 나누었다고 한다. 그러니 차를 마시며 다산초당의 정취를 한결 더 깊이 느껴보는 것도 좋을 것이다.

세 번째로 강진은 1930년대 순수시 운동을 전개했던 문학 동인회 '시문학파'의 중심인물이었던 김영랑의 활동 본거지이며 김영랑의 생가가 있는 곳이기도 하다. 이를 기념하여서 강진에서는 국내 최초로 문인이 아닌 시문학파 유파 전체를 아울러 볼 수 있는 '강진 시문학파 기념관'을 설립하였다. 사계절 내내 시의 향기를 물씬 느끼고 싶은 분이라면 꼭 들러보시길 추천한다.

이외에도 강진엔 중요한 유적지 및 절이 너무 많아 일일이 다 소개할 수 없을 지경이다. 유적지로는 병영성 성곽이 있으며, 백련사, 무위사, 남미륵사, 월남사지 3층 석탑 등의 유명한 불

김영랑 생가를 방문하였을 때

교유물이 있다. 그리고 하멜 기념관, 마량미항, 금릉 경포대 등이 있다.

마량미항은 바다낚시 매니아들이 주로 찾을 만큼 바다낚시로 유명하다. 또한 항구의 저녁 모습이 너무나 아름다워 남도의 나폴리라고 불리기도 한다. 매주 토요일 항구에서 음악회를 하고 있으니 항구에서 저녁 식사를 하며 음악회를 즐기고 아름다운 항구의 저녁 풍경을 보는 것도 참 좋을 것이다.

금릉 경포대는 월출산 남쪽 계곡으로 무척이나 아름다운 데다가 완만하고 물이 깨끗해서 여름철 계곡 피서지로서 각광받고 있다. 또한 축제로서 강진청자축제 외에도 영랑문학제, 다산제, 마량미항축제, 탐진강 은어축제 등을 매년 개최하고 있으니 강진으로 오게 된다면 절대 후회는 없을 것이라 생각된다.

문화관광지로서 가장 중요한 것이 볼거리라면 그 다음으로 중요한 것은 먹거리일 것이다. 강진은 농업과 수산업이 발달한 도시로서 천혜의 자연 덕에 오염되지 않은 무공해 자연산 먹거리가 아주 풍부하다.

그중 강진에서 특히 유명한 먹거리는 한정식으로서, 강진 한정식은 청정해역에서 사계절 생산되는 어패류와 청정 강진평야에서 재배되는 농산물과 기름진 쌀, 그리고 그 농산물을 먹고

자라는 한우로 남도의 맛을 대표한다고 할 수 있다. 육회, 갈비찜, 숭어회, 토하젓 등 40여 가지 음식을 한 상 떡 벌어지게 차려놓는 유명한 강진 한정식 맛집들이 많으므로 맛집을 찾아서 먹거리 여행을 떠나보는 것도 좋을 것이다. 그 외에는 전국 최초로 청정해역으로 선포된 강진만에서 도미, 농어, 우럭, 그 외 여러 가지의 회를 즐길 수 있고 짱뚱어탕 및 장어구이를 즐기기에 알맞은 곳이다.

이렇듯 내가 살아온 강진은 관광명소이며 무공해 청정지역이다. 그렇기에 난 이 아름다운 강진을 떠나 서울에 살면서도 내 고향 강진을 잊은 적이 단 한시도 없다. 서울에서 40년 동안이나 살아왔지만 난 아직까지도 고향 사투리를 쓰고 있으며, 옛날 강진에서 살던 생가와 함께 강진에서 머물던 씨앤에스 아파트를 고향에 두고 생활을 하고 있다.

그리고 난 지금도 한 달에 며칠 정도는 강진에 내려가서 머물며 고향의 정취를 느끼면서 동시에 항상 내 고향 강진의 발전을 위해 무엇을 해야 할지 고민하고 있다.

재경강진읍 향우회 회장을 맡다

나는 현재 우리 고향 강진읍의 결속을 더욱더 다지고 발전시

재경 강진읍 향우회 기를 흔드는 모습

키자는 취지에서 재경강진읍 향우회 회장(18대)을 맡았다. 또한 재경강진 중·농고 총동문회 회장도 맡아서 강진 사람들이 서로 결속력을 가질 수 있도록 새로운 도약을 시작하였다.

나는 회장을 맡아서 두 모임을 발전시키고 번성시키기 위하여 최선을 다했다. 두 모임에 참여하는 강진의 향우들이 힘든 서울 생활 중에서도 위로를 얻고 즐거움을 누릴 수 있게 하고, 또한 강진의 발전을 함께 논의해 보자는 차원에서 두 모임을 결속시키는 데 주력하게 된 것이다.

우선 나는 재경강진읍 향우회 회장으로서 강동 호남 향우회 회장일 때 해왔던 것처럼 결속을 다지기 위하여 모임들을 꾸준히 해나갔다. 1년에 한 번 야유회를 열고, 매년 봄가을 등산대

재경 강진읍 향우들에게 축하의 말을 전하는 모습

회를 추진하였고, 골프대회도 매달 열어서 향우들의 모임이 항상 정기적으로 있을 수 있게끔 하였다. 그 외에 송년회와 정기총회 등은 물론, 하계 수련회를 열어서 강진 사람들끼리 서로 끈끈한 정을 나누고 결속을 다지는 일도 해나가고 있다.

언뜻 보면 그저 친목 모임만 하는 것처럼 보일 수 있지만 절대 그렇지 않다. 이렇게 서로 간에 끈끈한 정을 나누는 것은 물론이요, 재경강진읍 향우회에서는 고향 강진을 돕기 위하여 매 모임 때마다 강진의 발전방안을 모색하고 있다.

강진은 출향인사만 20만이 넘는 곳이다. 서울에 있는 강진 향우들만 해도 그 인원이 몇 만 명은 될 정도이다. 이 몇 만이 넘는 향우들이 강진의 발전을 위해 애쓴다면 어떻게 될까? 당연

재경강진읍향우회

히 강진의 미래는 밝을 수밖에 없다. 이런 의미에서 강진에 대한 애향심을 더욱 고취시켜주고 많은 향우들을 불러 모아 강진의 푸른 미래를 위해 힘쓰게 하는 재경향우회 활동이야말로 강진의 발전을 위한 큰 봉사라 할 수 있을 것이다.

한편 재경 강진읍 향우회에서는 강진의 발전을 논의하는 일 외에도, 강진의 어려운 사람들을 도와주는 일도 하고 있다. 매년 성적이 뛰어난 우수 학생들과, 학비를 내지 못하는 학생들에게 고루고루 장학금을 수여하고 있으며, 불우이웃 돕기도 하여서 매년 사랑의 온정을 노약자 분들에게 베풀고 있다. 향우회 사람들의 애경사를 빠지지 않고 챙기는 것은 물론이다.

2013년 8월에는 강진에서 열린 청자축제를 맞이하여 재경강진읍 향우회 동문들과 함께 고향 강진에 내려가서 '향우의 밤'을 함께 했다. 향우의 밤은 청자축제를 앞두고 강진의 향우들이 모두 고향을 찾는 행사이다. 이번 행사에는 800여 명이나 참여하며 대성황을 이루었다. 우리 재경강진읍 향우회는 강진읍에 위치한 원로들의 경로당인 수성당과 강진읍 교촌리 신풍부락 신풍건강 장수교육관을 찾아서 금일봉을 드리고는 향우의 밤에 참석하여 앞으로도 강진의 발전을 위해 힘쓸 것을 약속하였다.

또한 나는 개인적으로 나의 고향인 신풍부락에 있는 신풍건강 장수교육관에 주민들이 시원한 여름을 날 수 있도록 에어컨(2백만 원)을 선물하였다. 내 고향 남쪽 강진은 여름이면 더위가 기승을 부리는 곳이다. 항상 더위에서 고생하실 어르신들을 생각하니 마음이 안타까운 것이 있었다. 이번 기회를 통해 이렇게 내 고향 강진읍을 조금이나마 돕게 되어서 참으로 기쁘다.

또한 이번 2013년 재경강진읍 향우회 정기총회 및 송년회에서 나는 향우들에게 고향발전을 위하여 최선을 다할 것과 함께 그동안 정든 고향을 떠나 서울이라는 낯선 땅에서 강진인이라는 긍지를 잃지 않고 열심히 살아오신 향우님들이 정말 자랑스럽다고 말을 전하였다.

마지막으로 나는 어려운 여건 속에서도 전임 김창한 회장님을 비롯한 모든 임원들이 일치 단합된 마음으로 이 모임을 이어왔기에 이 모임이 여기까지 이어올 수 있었고, 또 그 모든 분들의 수고와 노력에 감사하며, 앞으로도 우리가 이 모임의 전통이 끊이지 않고 이어져 갈 수 있도록 회원 모두가 한마음 한뜻으로 똘똘 뭉쳐 헌신해 나가자라고 말하면서 감사의 인사를 올렸다. 모두가 뜨거운 마음으로 하나가 될 수 있었던 정기총회였다.

이날 행사에서는 자랑스런 강진읍인상을 김창한 명예회장(전남곡물협회 회장), 김순영 강진군 여성향우회장이 각각 수상했다. 또 감사패는 윤현웅(상아무역개발 대표이사), 윤정숙(전통자수공예가) 회원이 각각 수상하게 되었다.

강진 중·농고 총동문회 회장

두 번째로 나는 강진 중·농고 총동문회 회장(18대)을 맡아 강진중학교와 강진농업고등학교(현 전남생명과학고등학교)를 졸업한 사람들 간의 우애를 돈독히 하고, 두 학교의 역사와 문화를 지켜나가는 데 최선을 다하고 있다.

강진중학교는 1951년 개교한 강진농림중학교를 둘로 나누어서 강진농업고등학교와 강진중학교로 개칭한 중학교이다. 원래는 하나였던 학교를 둘로 나누어 놓은 것이기에 내가 강진중학교와 강진농업고등학교를 다녔을 당시만 하더라도 두 학교는 서로 붙어 있었다. 그러던 것이 1978년 강진농업고등학교에서 분리하여 지금의 장소에 새로이 건축을 하여 나뉘게 되었다.

그 이후, 강진중학교는 "착하고 슬기롭고 튼튼하게"라는 교훈 아래 총 14,963명의 졸업생을 배출한 60년 전통의 명문 중학교가 되었다. 1996년 「까치 축구단」을 창단하여 엘리트 스포츠의 모델을 제시하기도 하였고 2011년에는 '우리 고장의 역사적 인물 탐구를 통한 창의·인성 함양'이라는 프로그램으로 「전라남도 교육청 지정 2011 창의·인성 연구학교」로 지정되기도 하였다. 또한 2011년에 강진교육청 주관 수학경시대회에서 1위, 2위, 4위, 5위의 성적을 모두 거양擧揚하였고 금상, 은상, 동상까지 모두 독차지하는 기염을 토하기도 했다.

강진농업고등학교는 1937년 강진공립농업학교로 개교하여 1951년 강진농업고등학교로 개칭한 이래 2007년 학교명을 '전남생명과학고등학교'로 다시 바꾸게 되었다. 그 이후 2011년에 마이스터 고등학교(전문적인 직업교육의 발전을 위하여 산업계의 수요에 직접 연계된 맞춤형 교육과정 운영을 목적으로 하는 고등학교)로 지정되며 현재 친환경농업경영과, 친환경농자재과, 친환경축산경영과를 운영하며 농업과 축산업의 인재를 육성해내고 있다.

'오늘도 성실하게'라는 교훈과 함께 교육인재 양성에 힘쓰며

재경 강진중농고 정기총회에서 자랑스런 동문상을 받는 모습

대한민국의 고위 공직자들을 많이 키워낸 전남생명과학고등학교는 2013년까지 10,815명의 졸업생을 배출해내었다. 전남생명과학고등학교는 현재 전교생에게 기숙사비와 학비를 무료로 제공하고 있으며 전교생에게 해외연수 기회를 주고, 국내 우수 농산업체와 100% 취업 알선을 하는 획기적인 프로그램으로 말미암아 점점 학생들 사이에서 입소문을 타고 입학생들이 많아지고 있는 중이다.

이렇듯 자랑스런 학교를 졸업하여서 나는 참으로 기쁘고 뿌듯하다는 생각이 든다. 그래서 내가 졸업한 학교의 발전을 위하여 또 학교 교우들과의 우애를 돈독히 하기 위하여 중·농고 동문회를 열심히 참여하게 되었고 그 결과 2012년 동문회의 수석 부회장을 맡게 되었다.

재경강진 중농고 동문회 춘계산행대회

그리고 나는 2013년 12월에 열린 재경 강진 중·농고 동문회 정기총회에서 재경강진 중·농고 총동문회 회장(18대)으로 새로 취임하게 되었다. 그동안 열심히 활약한 공로를 인정받아 '자랑스러운 강진 중·농고인' 상을 수상함과 동시에 회장의 자리에 오르게 된 것이다.

나는 이 자리에서 선배들이 다져놓은 공덕과 공적을 잘 받들어 더욱 열심히 동문회를 이끌어 가고 특히 김유성 회장님을 비롯한 김수복, 박복수, 정철인, 유영진 회장님과 명예회장이신 정준영 전임 회장님이 이뤄놓은 좋은 전통을 이어 가겠다며 동문회에 사랑과 협조를 부탁드린다는 것으로 이야기를 마무리하였다. 재경강진 중·농고 총동문회야말로 향우회와 같이 강진의 미래와 발전을 위하여 노력하는 큰 봉사 단체일 것이다.

津日報 창사 2주년을 축하드립니다

고향 발전을 위해 최선을

회장 정준영
(중 15, 고29. 세무법인한원 대표, 세무사)

수석부회장 김노진
중 17, 고 31
송탄메트로 관광호텔대표, 전 서울시의원

감사 윤현웅
중 17, 고 31
(주)상아대표

사무총장 황기정
중 21, 고 35
서울 메트로

사무차장 김천종
중 24, 고 38
성남도서관

사무차장 송길태
중 30, 고 44
동대문 경찰서

재무이사 장근성
중 24
우리은행 지점장

재경 강진중·농고 17대 임원진

명예회장 유 영 진 (중14 삼성그룹 상임고문)

고　문 김 유 성 (중2, 고14 병원장)　김 수 복 (중4,

박 복 수 (중6, 고18 전 이사관)　정 철 인 (중7,

중16, 고30 부회장 김 재 석

중17, 고31 부회장 고 흥 만, 승 영 일, 이 남 국, 이 영 채

중18, 고32 부회장 김 영 윤, 선 영 칠, 김 문 환, 김 성 환

중19, 고33 부회장 윤 종, 차 용 수, 김 기, 황 태, 임 진 수

중20, 고34 부회장 김 태, 박 귀 남, 정 인 선, 김 점 수

중21, 고35 부회장 하 종 면, 김 재 열, 오 봉 길, 김 승 식

재경 강진중·농고 동문회

재경강진 중농고총동문회

나의 인사말에 답이라도 해주듯 향우님들은 재경 강진 중·농고 동문회를 위해 힘써주셔서 고맙다는 인사와 함께 나에게 '자랑스런 동문상'을 주었다. 그 상을 받고 보니 나도 모르게 눈시울이 붉어졌다. 나를 바라보고 있는 동문회 동지들의 고향을 향한 뜨거운 사랑을 느낄 수 있었기 때문이다. 자랑스런 동문상은 나를 비롯하여 하종면(중 21회) 부회장, 김대훈(중 24회, 고 38회) 국세청 징수과장이 각각 받았다. 또 황기정(중 21회, 고 35회) 사무총장과 장근성(중 24회) 재무이사가 공로패를 받아 뜨거운 박수를 받았다.

또한 나는 18대 총동문회장으로서 동문들의 결속력을 다지기 위하여 학교 옛날 교명 찾기 운동을 벌이고 있다. 많은 인재를 배출한 강진농업고등학교의 교명이 역사와 전통을 간직하고 있으므로 옛 교명을 찾는 것이 바람직하다는 생각이 들어서이다. 교명이 바뀐 이후로 동문회와 학교 간 교류가 거의 끊긴데다가, 동문회의 결속도 약해져 가고 있기 때문이다.

사실 내가 학교를 다니던 때만 하더라도 많은 사람들이 농업에 참여하던 시대였기에 강진농업고등학교를 졸업한다는 것은 굉장히 자부심을 가져도 될 만한 일이었다. 그러나 90년대 산업화 시대에 이르러서 농업보다는 공업과 2차, 3차 산업에 사람들이 더욱 관심을 갖게 되었고 그 이후, 강진농업고등학교는 신입생을 유치하는 데 어려움을 겪게 되었다. 그런 이유로 신입생 유치 및 이미지 개선을 위하여 학교의 이름을 바꿔보고자 했던 것이다.

그런데 놀랍게도 산업화시대가 지나가자 웰빙과 힐링 바람이 불며 다시금 농업에 대한 인기가 치솟게 되었다. 특히 유럽을 최근에 갔다 온 일이 있었는데 유럽에서 가장 잘 사는 사람은 바로 농업 하는 사람이라는 놀라운 이야기를 듣게 되었다. 스위스에서는 농사를 짓는 청년이 신랑감 1순위라는 이야기까지 있다는 것이었다. 친환경 식품에 대한 사람들의 요구가 높아짐에 따라 자연스레 발생하는 현상이었다.

이것을 생각해볼 때 우리나라에도 웰빙과 힐링 바람이 지속적으로 불고 있기에 얼마 지나지 않아 유럽처럼 농업이 다시 중요 산업으로 떠오를 것은 자명한 사실이라고 생각한다. 그렇게 따졌을 때 강진농업고등학교라는 옛 교명을 찾아주는 일은 학교의 미래를 위해서 반드시 필요한 일이다.

그리고 지난해(2013년)부터 전남생명과학고등학교가 마이스터고로 지정되면서 학생모집에 큰 어려움이 없어졌고 오히려 정원을 초과하여 학생들이 지원하게 되어 경쟁률까지 생기게 되었다. 이에 농업고등학교의 이미지를 분명히 하는 것이 훨씬 더 좋은 일이라 생각된다.

또한 우리는 옛 교명 찾기 운동 외에도 학교의 발전을 위하여 매년 장학금을 학교에 전달하고 있으며, 매년 쌀을 강진에서 구입하여서 중·농고 동문회 회원들에게 나누어주는 활동을 함으로써 강진 쌀의 우수성을 알림과 동시에 소비를 활성화시키고 있다.

이렇듯 강진의 발전을 위해 애쓰며 강진 향우들 간의 우애를 다지고 결속력을 높이는 행사를 하면서 나는 강진에 대하여 더욱더 뜨거운 마음을 가질 수가 있었다. 앞으로도 나는 고향 강진의 발전을 위하여 재경강진읍 향우회 회장과 재경강진 중농고 동문회 회장으로서 최선을 다해 열심히 헌신할 것이다.

전남 국민동행 공동대표를 맡다

2013년 12월 29일 오후 3시, 신안비치호텔 비발디홀에서 민주와 평화를 위한 전남 국민동행 창립대회가 열렸다. 이날 행사에는 김덕룡 국민동행 전국 상임공동대표, 김효석 새정치 추진위원장 등 참석하시기로 하셨던 초청 인사들이 갑작스런 중앙회 사정으로 인하여 오지 못했지만 예비역 중장 정두근 공동대표님이 참석하여 전남의 각계 인사 2,000여 명이 발 디딜 틈도 없이 자리를 가득 메워서 대성황을 이루었다.

사람이 워낙 많이 온 까닭에 안으로 들어오지 못하고 로비에 서있는 사람들도 몇 백 명이나 되었다. 국민동행 출범에 대한 관심과 새로운 변화에 대한 지역민들의 뜨거운 열망을 확인할 수 있는 자리였다.

나 또한 전남 국민동행 창립식에 참여하여서 전남 국민동행의 공동대표를 맡게 되었다. 많은 시민들 앞에서 공동대표를 맡아 강단에 서니 떨리는 맘을 감출 수가 없었다.

이날 공동대표로는 홍영기(전 서울경찰청장), 김재원(세한대학교 기획처장), 남태룡(전 해군대령), 안애란(판소리 인간문화재), 홍석태(전 전남도 건설교통국장), 최영수(전 한국관광공사 광주전남지사장), 김봉옥(바르게살기운동 중앙협회 부회장), 박만호(전 전남도행정지원국장), 석진례(청소년 성문화

센터 운영위원장) 그리고 내가(김노진-전 서울특별시의원) 공동대표가 될 수 있었다.

국민동행은 거짓과 불통의 정치를 극복하고 새로운 정치를 열망하는 지역 시민들의 뜻을 실현하고, 우리나라의 새로운 국가발전 방향을 제시하고 이끌어가는 것에 목적을 두고 만들어진 범국민 운동기구이다. 현재 전북·전남에 이어 세 번째로 대전국민동행이 출범하였으며 2014년 1월 4일 현재 여의도 삼보호정빌딩에 사무실을 마련하고 본격적인 정치문화 개혁운동을 시작하고 있다.

우리 전남 국민동행 공동대표들은 강단 앞으로 나와 정파와 이념의 덫을 소통과 협력으로 넘어서고 세대 간의 벽을 화합의 손으로 허물어 새로운 변화와 발전을 위한 범국민운동을 펼치겠다고 밝혔다. 또한 한반도의 평화와 통일을 위해 사회 각 분야의 교류협력과 인도적 지원을 위한 노력도 병행할 것을 선언했다.

우레와 같은 박수가 터져 나왔다. 이 자리에 모인 2,000여 명의 시민 모두가 새 정치에 대한 뜨거운 열망을 가지고 있다는 것을 알 수 있었다. 어디 2,000여 명뿐이랴. 여기에 모이지 못한 많은 시민들이 그러한 열망을 가슴에 품고 있을 것이다. 그렇게 전남 국민동행 창립대회가 성공적으로 마무리되었다. 나

국민동행 창립대회

는 벅찬 가슴을 끌어안고 집으로 향했다. 앞으로 전남 국민동행 공동대표를 맡아 민주화에 앞장설 것을 생각하니 벌써부터 가슴이 설레고 있었다.

국민들은 새 정치를 바라고 있다. 더 이상 민주주의와 민생을 땅바닥에 내팽개친 상태로 버려두어서는 안 된다. 그리고 이 땅의 민주주의와 평화, 민생을 살리는 발걸음이 이제 막 시작되려 하고 있다.

나의 진정한 도전도 시작되고 있었다. 나는 전남의 민주화와 함께 강진의 발전을 위하여 최선을 다하는 새 정치의 한 줄기 빛이 되기 위해 내 몸을 바쳐 헌신할 것이다.

강진을 생각해보다

강진은 머무는 곳이 아닌 거쳐 가는 곳?

강진은 앞에서 말했다시피 천혜의 자연을 가진 남도답사 1번지로서 남도 내에 무공해 자연관광지 핵심지역 중 하나이다. 더욱이 강진청자축제가 9년 연속 문화체육관광부 선정 '대한민국 최우수 축제'로 뽑히면서 관광객도 많이 늘어나게 되었다.

그렇지만 강진에는 사실 조금 부족한 면도 있는 것이 사실이다. 천혜의 자연을 가지고 있으나 사실 그것을 응용하는 것에는 조금 부족한 면이 있기 때문이다.

우선 강진은 산업이 크게 발전하지 못하였다. 예로부터 농업

을 워낙 중시해오던 지역이라 농업발전에는 힘을 써왔으나 농경지와 임야가 땅의 80%를 차지하는 등 산업시설을 유치하는 것에는 힘을 쓰지 못했기 때문이다. 그 이유로는 서울로부터 거리가 멀어서 물류비가 많이 들기에 산업시설이 들어오지 않은 이유도 있다. 그러나 핵심적 이유를 뽑자면 농업에 집중하느라 산업시설을 유치하지 못했고, 그것이 지금까지 이어지게 된 것이라 할 수 있다.

그러다 보니 산업화시대를 맞이하면서 사람들이 너도 나도 농촌을 떠나가게 되었고, 농업지역이 유난히 많았던 강진은 결국 전남에서 가장 많은 인구가 유출된 도시라는 불명예를 안게 되었다. 그러나 어떻게 보면 가장 많은 인구가 빠져나간 도시라는 것이 비단 산업화시대를 맞이하게 되어서 라고만은 할 수가 없다.

우선 강진에는 교육기관들이 많이 없다. 성화대학교가 처음으로 생겼었으나 재단이사장의 부정, 비리 사건으로 인하여 지금은 잠정 폐쇄 조치되어 있다. 강진 내에 대학교가 하나도 없는 것이다. 그러다 보니 자연스럽게 부모님들은 대학교를 보내기 위하여 아이들을 강진 밖으로 내보내거나, 아이와 함께 강진을 나가게 되었다. 그리고 그 아이들은 대학교를 다니며 강진을 잊어버리고, 대학교를 다니는 곳에서 생활을 하거나, 서울에서 생활을 하게 되었다.

교육기관의 열악함은 그 외에도 최근 학생 수 부족으로 인하여 성요셉 여자고등학교가 폐교하게 된 것만 봐도 알 수 있다. 또한 성전고와 병영정보고도 현재 학생 수의 부족으로 말미암아 폐교 위기에 처해있다고 한다. 이에 갈수록 교육환경이 열악해지고 있는 실정이다.

또한 강진에는 현재 여러 행정적 절차를 편리하게 처리할 수 있는 행정기관이 많이 없는 편이다. 세무서, 보훈지청 등이 강진에 자리 잡고 있었으나 해남으로 옮겨가고 말았다. 강진에서 여러 행정적 불편함을 해소하기에 어려움이 생긴 것이다. 행정적인 문제를 처리하기 위해서 다른 먼 곳까지 갔다 와야 하니, 자연스레 사람들이 힘들어하고 강진을 떠날 수밖에 없었다고 생각된다.

마지막으로 강진에는 관광객들을 위한 숙박 시설이 부족하다. 최근 강진 한정식이 유명해짐에 따라 강진 한정식 맛집을 사람들이 많이 찾아오게 되었으나 아직 관광호텔은 전무하다시피 한 것이 사실이다. 그러다 보니 볼거리와 축제는 흥미로우나, 숙박 시설이 열악하여서 사람들이 강진에서 머물지 않고 구경만 하다가 가는 곳으로 인식하게 되어버렸다. 많은 사람들이 강진을 잠시 들렀다가 가는 지역 정도로만 생각하고 있는 것이다.

지금도 현재 강진에는 관광객들을 위한 관광호텔이 하나도 없는 실정이다. 읍내에만 민박과 모텔이 존재하고 있으나, 관광지로부터 멀리 떨어진 중심가에 있기에 관광객을 유치하기에는 조금 위치가 좋지 않다고 할 수 있다. 또한 젊은 신세대들은 민박보다는 모텔이나 호텔을 이용하는 관광객들이 더 많기 때문에 시설이 깨끗하고 좋은 모텔과 호텔이 강진에는 절대적으로 필요하다고 할 수 있다.

멈춰 버린 사업들

조금 더 깊이 문제를 파고들어 보자. 깊이 들어가 보면 강진의 문제는 이것뿐만이 아니라 좀 더 있다는 것을 알 수 있다. 그것은 바로 행정적으로 추진하다가 멈춘 사업들이 많이 존재하고 있다는 것이다.

우선 강진 골프장이 있다. 강진 골프장 조성사업은 땅을 매입한 후, 2년 넘게 착공이 되지 않는 등, 현재 계속하여 제자리걸음을 하고 있는 중이다. 이에 강진군민들이 불안해하고 있다. 최근 지으려다가 실패하고 만 신전골프장사업처럼 강진골프장 조성사업도 백지화돼버리는 것이 아니냐고 우려하고 있는 것이다.

강진 골프장 사업이 늦어지는 이유에는 사업자인 삼공개발(신라CC) 측이 상호저축은행을 인수하는 과정에서 당초 예상했던 비용의 두 배 가까운 1천억 원의 자금을 투입함에 따라 자금사정이 좋지 않아졌기 때문이다. 한 주민은 "지역발전도 되고 일자리도 생긴다며 온갖 감언이설로 장점을 설명하고 땅을 내놓으라 하더니 감감무소식이다."라며 한숨을 내쉬기도 하였다. 현재 강진 골프장 사업은 6년 동안 제자리를 맴돌고 있는 중이다.

두 번째로 성전리조트 호텔 사업이 있다. 2005년 삼능 건설 주식회사와 MOA(투자합의각서)를 체결하고 시작한 강진군의 첫 민자유치 사업이다. 이는 강진군에서 새로운 관광기반시설을 확충하고 관광객 유치 및 지역주민의 고용창출을 유도하여 지역경제 활성화에 많은 도움을 주려고 시작한 사업이었다. 그러나 현재 건설이 중단된 상태이다.

세 번째로 신전 관광·휴양단지 조성사업이 있다. 신전 관광·휴양단지 조성사업은 지난 2007년 4월 6일 충남 천안시에 본사를 둔 금아산업㈜과 투자양해각서MOU를 체결했었다. 이후 부지매입을 진행에 왔으나 총 예정부지의 69.5%가 사업추진이 불가능한 수산자원보호구역으로 지정되어있어 추진이 중단된 상태에 있게 됐다. 필사적으로 수산자원보호구역 해제를 위해 농림수산식품부를 비롯한 기획재정부, 국립 수산과학원 등 중앙부처에 지역균형개발과 고용창출, 관광객 유치를 통한 지역경제 활성화의 필요성을 제시한 결과, 농림수산식품부로부터 해제동의를 받게 되었지만 그 이후에 사업이 진행되지 않아서 결국 사업자가 사업 중단을 통보하고 말았다.

이외에도 강진 녹차테마파크 사업이 있다. 전남 강진군 대구면 용운리 일원에 녹차와 매실을 주제로 한 테마파크 조성을 위해 강진군과 주식회사 동승이 2006년 투자양해각서를 체결하였지만 그러나 공사에 들어갔다가 수십 개의 가마터가 산재한 국가사적지(68호)로 확인돼 사업 추진이 장기간 중단됐다.

여기에 임목과 군락이 양호해 생태자연 1등급으로 지정된 300여만㎡의 참나무 군락지까지 더해져 개발에 차질을 빚었다. 성급하게 공사를 시작하려다가 뜻하지 않은 난관에 부딪치게 된 것이다. 결국 문화재청이 가마터에 대한 보호 의지를 강력하게 펼치고 생태보전 지역인 참나무 군락지에 대한 개발도 쉽게 허락되지 않는 관계로 결국 중단돼야만 했다.

지금 내가 얘기한 사업들은 모두 군의 재정이 최소 100억 원 이상 소요되는 거대사업들이었다. 특히 신전 관광·휴양단지는 군의 재정이 600억 원 이상 들어가는 대사업이었다.

이렇게 공격적으로 투자 유치를 했던 사업들이 점점 유명무실해지기 시작하자 강진군의 재정은 가난해지기 시작하였고,

강진에서 성공을 꿈꾸었던 투자자들도 강진을 떠나가는 분위기가 돼버리고 말았다. 그리고 강진의 주민들도 더 이상 강진의 발전에 대하여 좋은 시선으로 바라보기 힘든 지경까지 오게 되었다.

더군다나 강진이 스포츠 메카로 부상하기 위하여 2009년 75억 원을 투자하여 준공하였던 강진베이스볼 파크가 현재 누적 적자와 금융비용을 감당치 못해서 도산위기에 처해있는 상태다. 민간 시설이라는 이유로 강진군에서 재정 지원을 못 받게 된 상태에서 개인이 투자하여 시설을 준공하였지만, 전지훈련팀 유치가 원활히 이루어지지 않게 됨에 따라서 매년 관리비와 직원 인건비로 2억 원씩 적자가 쌓이게 된 결과다. 국가대표 전용훈련장으로 지정까지 받았음에도 불구하고 이제는 은행 경매에 놓이게 된 상황까지 오게 된 것이다.

또한 부산에 본사를 두고 있는 STX조선해양의 주력 협력사이며 탱크와 전차, 자주포 등 방위산업용 부품과 조선 및 자동차 부품을 전문적으로 생산하는 기술혁신 기업인 ㈜한조와 투자협의각서를 체결하는 성과를 이루어냈으나, 조선업계의 불황으로 인해 현재 한조는 1차 사업비로 책정해두었던 300억 원의 사업비를 투자하지 않고 있는 중이다.

물론 그렇다고 해서 모든 투자유치사업이 망한 것은 아니다.

열악한 투자유치 조건에도 불구하고 2012년 현재까지 총 18건 약 3,000억여 원 규모의 투자양해각서 및 협의각서를 체결하여 태양광발전소, 친환경유기질 비료공장, 강진봉황옹기공장, 난대조경수육묘장 등 현재 7개 기업이 강진에 터를 잡고 강진에서 사업의 내실을 단단히 다지고 있다.

그러나 기존의 사업들이 더 이상 이대로 흐지부지하게 내버려두어서는 안 된다. 강진에서 아직도 많은 사람들이 떠나가고 있기 때문이다. 더 이상 강진에서 사람들이 떠나가지 않을 수 있도록 이제는 특단의 대책이 필요할 때다.

강진엔 멀티 플레이어가 필요하다

기존의 사업들은 용두사미龍頭蛇尾의 꼴로 처음에는 화려하게 시작하고 군민의 관심과 기대를 한 몸에 끌어 모으다가 결국 흐지부지하게 마무리 되지 못하게 되었다. 그 이유는 행정당국이 행정적 경험만 있을 뿐, 실제적인 사업 경험이 많이 부족하였기 때문이라고 생각한다.

결국 골프장을 만들든 리조트를 만들든, 만드는 것은 기업이 하는 일이며 사업가가 그 일을 이끌어 나가는 것이다. 행정당국에서 그 일들을 시작한 것과 상관없이 그 일들은 하나의 큰 사업이다. 기업적인 마인드를 가지고 있고 풍부한 사업 경험이 있는 사람이라야 그 일들을 성공으로 이끌 수가 있다.

사업이라는 것은 경험 없이 의기가 충천하여서 열정과 의지만으로 달려들었다가는 반드시 실패하고 만다. 나는 로진패션의 대표이사로서 결국 아쉽게 로진패션을 마무리 지어야 했기에 그것을 너무나도 뼈저리게 깨닫고 잘 알고 있다. 그때는 경영을 배운 적도 없었고 경영에 대한 경험도 아직 부족했을 때였다.

그러나 그 경험을 통하여서 그 이후 나는 유선방송을 최초로 대한민국에 도입한 한국유선방송의 대표이사로 크게 성공할 수 있었다. 또한 지금은 송탄 메트로관광호텔의 회장으로서 눈부시게 성공하여 호텔 사업을 잘 꾸려나가고 있다. 서울에 단돈 20만 원을 갖고 와서 맨몸으로 한국일보에 취직하여 영업직 1위를 달성한 후, 사업에 부딪쳐서 지금은 수백, 수천 배의 부를 거머쥔 성공한 사람이 된 것이다.

지금 강진에는 이 사업들을 성공으로 이끌어 갈 만한 사업가 즉, CEO가 필요하다. 사업에 풍부한 경험을 가지고 있고 그와 더불어 많은 사업들을 성공적으로 이끈 선구자적인 CEO가 필요한 것이다.

또한 사업 경험이 풍부한 것과 더불어 행정적인 경험까지 가지고 있는 사람이 강진을 이끌면 그것이야말로 금상첨화라고 볼 수 있다. 아무리 사업가적인 마인드가 투철하고 기업가 정신으로 도시를 이끌려고 한들, 행정경험이 없다면 그것 또한 젓가락 두 개 중 한 개가 빠진 꼴이나 다름없는 모습이기 때문이다. 행정경험과 사업적 경험이 모두 특출난 사람이 강진을 맡아 이끌어 나가야 한다는 사실은 자명한 사실처럼 보인다.

나는 구의원(기초의원)부터 시작하여 서울특별시의원(광역의원)에 이르기까지 두 번에 걸친 기초의원, 광역의원 경험으로 말미암아 행정에 대해서도 풍부한 경험을 지니고 있다. 또한 행정학박사로서 행정에 대한 깊은 이해와 탁월한 비전을 갖춘 전문가이기도 하다. 나는 구의원으로서 행정을 처리할 때 사업적인 마인드를 결합하여서 그 당시 강동구에 하나도 없었던 개나리 어린이집을 성공적으로 건설하였고, 또 독서실을 만들고 도시가스를 최초로 도입하였고 최초의 사회적기업인 장애인자립장을 만들었다.

서울특별시의원일 때는 행정적 수완을 발휘하여서 수해를 최소화하고 다시는 피해가 나지 않도록 조치를 취하였고, 건설위원회로서 월드컵 경기장 건설과 광진교 건설 등, 국가적으로 중요한 현안들에 참여하여서 국가적인 건설 행정에 많은 도움을 주고 함께하였다.

나는 강진의 일꾼으로서 최선을 다하고 싶다. 내 능력이 닿는 한 최선을 다해 내 고향 강진을 이 한 몸 바쳐서 발전시키고 싶다. 하지만 강진을 생각하면 마음이 아프다.

강진은 2013년 기준으로 전국 지자체 중에서 재정자립도 꼴찌(7.3%)를 기록하고 말았다. 1위인 서울 강남구(75.9%)와 비교하면 무려 10배 이상 차이가 나고 있다. 지방세 수입으로 인건비조차도 해결하지 못하고 있는 것이다.

물론 이는 국고보조예산이 전국 지자체 예산규모에서 차지하는 비율이 높아지고 있기 때문이기도 하다. 또 부동산 경기악화로 인한 재산세와 부동산거래세가 줄어든 것에도 그 요인이 있다. 지방세에서 그 두 가지가 많은 부분을 차지하고 있기 때문이다. 그러나 10배 이상 차이가 난다는 것은 필시 강진에 어떤 문제가 있어서라고밖에 달리 설명할 길이 없다. 강진엔 지금 혁신적인 CEO가 필요하다.

강진의
새로운 비상을 위해

강진의 미래는 아이들이다

강진의 발전을 위해서 가장 먼저 해야 할 일은 뭐니 뭐니 해도 교육시설 유치일 것이다. 아까 말했다시피 현재 대학교가 없는 강진은 그나마 있는 고등학교들조차도 존폐 위기에 처해 있을 만큼 교육환경이 열악한 상황 속에 처해 있다. 고등학교까지도 다른 지역으로 이사 가서 교육받아야 하는 현실이 발생할 수도 있다는 것이다. 강진 주민이 강진을 빠져나가고 있는 가장 큰 이유가 교육환경의 열악함임을 감안할 때 하루빨리 교육환경의 개선이 이루어져야 한다.

중학교의 경우에는 학생 수 감소가 지속적으로 일어나고 있으므로 기숙사를 유치하여서 학생 수가 더 이상 줄어들지 않을 수 있도록 하는 것이 좋다는 생각이다. 또한 우리나라에서 최근 문제가 되고 있는 학교폭력이 강진군 내에 자리 잡지 못하도록 학교폭력예방 및 근절사업이 시행되어야 한다.

다행히 고등학교는 거점고등학교 설립이 추진되고 있어서 고등 교육에 있어서는 크게 문제가 없어질 것 같다는 전망이 나오고 있다. 민관이 합력한 거점고 지정 범군민 추진위원회 2차 회의에서 거점고 지정을 위하여 강진고등학교를 개축하는 방향으로 합의를 보았기 때문이다. 또한 거점고 지정도 최대한 학생들의 학업에 지장을 초래하지 않으면서 지역상권의 민원이 발생하지 않도록 추진하는 방향으로 결정했다고 밝혔다.

거점고등학교가 되면 시설개선 및 교육환경 인프라 구축과 특색 프로그램 운영비로 약 200~500억 원의 범위 내에서 지원이 이루어지게 된다. 이는 교실 환경 개선, 무선인터넷 설치, 노트북 설치, 체육관, 실외 휴게공간, 교직원 관사 개선 등으로 이어지게 되고, 또 열정 있는 교사를 초빙하고 충분한 교과교사를 확보하며, 교직원 성과 인센티브로 이어져서 아이들의 학업 수준과 성적을 높이는 데에 훨씬 더 큰 도움이 될 수 있다.

그렇다면 이젠 대학교를 활성화시키는 데에 교육의 초점을 맞춰야 한다. 교육은 국가적인 사업이다. 교육이 잘될수록 국가의 국력이 높아지며 이는 세계에서 우리나라의 경쟁력과 위상이 높아지는 것을 의미하기 때문이다. 특히 대학교 교육은 세계시장에 나갈 인재를 만드는 가장 중요한 끝마무리 작업과도 같기에 필수라고 할 수 있다.

현재 강진 내에 최초로 설립되었던 성화대학교는 재단이사장의 비리로 인하여 잠정 폐쇄가 된 상태이다. 그러나 행정당국의 일방적인 조치로 성화대학교는 폐쇄되었는데 이는 옳지 않은 결정이라고 본다. 한 사람의 비리로 인하여 대학교 전체의 학생들은 물론이요, 강진군민 모두가 손해를 보는 것은 바람직하지 않기 때문이다.

학교가 폐쇄된 탓에 학교 건물들이나 시설들을 일체 시민들이나 대학생들이 이용하지 못하고 있다. 최신 시설로 지은 좋은 건물들을 이용하지 못한 채 그냥 썩히고만 있는 것이다. 또한 학교가 있었던 성전면은 성화대학교 덕에 그나마 주위의 상권이 살아났었는데 이제는 상권이 모두 죽어버릴 존폐 위기에 처하고 말았다.

따라서 국가적인 조치를 취하여서 성화대학교의 시설을 다시 이용할 수 있게끔 활용화하는 방안을 찾아보아야 한다. 많은 시민들이 이용할 수 있도록 국가적인 차원에서 성화대학교 시설을 복지 시설이나 요양 병원으로 만드는 것도 좋을 것이다. 또

교육시설로 다시 한 번 성화대학교를 특성화된 대학교로 부활시키는 것도 좋을 것 같다는 생각을 해본다.

가장 중요한 것은 우리 강진 군민들의 참여라고 할 수 있겠다. 현재 강진에는 강진교육발전협의회가 있어서 항상 강진의 교육환경을 개선하기 위하여 온 힘을 다하고 있다. 이런 강진교육발전협의회에 강진 주민들이 열성적으로 참여하여서 좋은 아이디어를 내는 것도 중요하다.

무엇보다도 아이를 다른 곳으로 보내기보다, 이곳 강진의 교육을 믿고 아이들을 이곳에 정착시키려 하는 의지가 중요하다고 할 수 있다. 강진의 현 주민들조차도 강진에서 교육을 안 받으려고 한다면 누가 강진에서 교육을 받으려고 하겠는가? 강진의 교육의 발전을 위해 강진 주민들이 먼저 나서서 교육시설 개선을 토의하고 논의하는 가운데, 강진 주민들이 자신의 자녀들을 강진 학교에 보내어 교육받게 하는 것 또한 필요할 것이다.

강진의 무기, 자연

강진의 가장 큰 최고 장점은 바다를 끼고 있는 청정지역이라는 것이다. 미역, 다시마, 김 이런 해조류들과 어패류와 같은 해산물들이 풍부하게 잡히며 맛도 정말 좋기로 유명하다. 농경지와 임야가 전체 땅의 80%를 넘게 차지하는 강진에서 오염이란 것은 상상할 수가 없을 정도이다. 나도 서울에 있다가 강진에 내려오면 강진의 공기가 얼마나 맑은지 목이 갑자기 뻥 뚫리는 것 같은 느낌을 받곤 한다.

물론 이런 강진에도 발전은 필요하다. 강진에 자연이 아무리 깨끗하다 해도 발달된 시설이 없다면 사람들이 와서 머물지 않기 때문이다. 깨끗한 자연환경을 최대한 그대로 간직하면서 사람들이 편하게 머물고 갈 수 있을 만한 숙박시설과 함께 편의시설들을 군내에 집중 설치하여야 한다.

강진군은 전형적인 농업군으로 농업과 수산업에 편중된 구조를 지니고 있는 도시이다. 1차 산업이 도시의 경제에 있어서 너무나 많은 영향을 끼치는 이러한 구조 때문에 강진군은 자연스럽게 경제적으로 열악하게 되었다. 고용 창출과 부의 증대를 가져올 수 있는 2차 산업과 3차 산업이 들어오지 못했기 때문이었다.

이러한 강진군을 뒤바꾸기 위해서는 2차 산업과 3차 산업이 강진군에 들어오도록 만들어야 한다. 즉 강진에 투자자들이 몰려와서 공장과 시설들을 세울 수 있도록 투자유치를 여러 기업들에게 적극적으로 해야 한다. 투자자들이 몰려와서 건물과 시설, 공장 등을 짓게 되면 자연스럽게 자본이 투입되면서 고용창출의 효과가 일어나고 또 지역 상권들이 살아나는 효과를 맛볼 수 있기 때문이다.

그러나 이렇게 하기에 강진은 실로 어려운 환경에 처해 있다. 우선 강진은 우리나라 땅 최남단이다. 지리적으로 서울 또는 다른 중요 수도권들과 너무나 멀리 떨어져 있기에 기업이 들어오기에 힘든 환경이다. 물류 유통에 있어서 시간이 많이 걸리고 돈이 많이 들어가기 때문이다. 그리고 인프라(기반시설) 또한 열악하다. 미리 설치되어 있는 인프라가 없는 곳을 기업은 좋아하지 않는다. 그 외에 이유로는 열악한 재정자립도 등이 있을 수 있겠다.

기업들은 당연한 이야기지만 수도권 근처에 부지를 마련하는 것을 좋아한다. 그 이유는 빠르게 물류 유통이 될뿐더러 가격도 저렴하고, 또 일처리도 신속하게 할 수 있고, 인력도 쉽게 마련할 수 있다는 것에 있다.

그렇다면 강진에 투자유치가 일어나게 하기 위해서는 어떻게 해야 할까? 우선 행정적 지원이 필수적이다. 재정에 조금 어려움이 있더라도 강진에 들어오는 기업들에게 지원을 해주어야만 기업들을 유치할 수 있을 것이다. 그렇게 기업들이 들어오다 보면 인프라가 만들어질 것이고, 그 인프라는 이제 다른 기업들을 강진으로 불러 모으게 된다.

이렇듯 처음의 투자로 인하여 선순환이 일어날 수 있는 구조를 만들어야 한다. 그래야만 기업이 지속적으로 들어와서 1차 산업 중심인 강진을 2차 산업, 3차 산업 중심으로 차차 바꿔나갈 수 있게 될 것이다.

두 번째로 특화된 관광 식품을 만들어야 한다. 강진은 예전에 '황금 한우'라는 브랜드로 한우를 브랜드화해서 런칭한 적이 있었다. 그러나 아쉽게도 위치적으로 좋지 않은 곳에 황금 한우의 판매처가 자리 잡아서 처음에는 대대적으로 선전을 한 끝에 사람들이 많이 찾아왔지만 지금은 많은 사람들이 황금 한우를 외면하는 아쉬운 결과에 이르렀다고 할 수 있다.

그렇지만 강진에는 한우 외에도 다양한 특화 상품들이 존재한다. 워낙 자연이 좋기에 해산물이나 다른 여러 자연 식품들이 맛이 좋기 때문이다. 바다를 끼고 있는 청정 지역임을 강조하여서 미역, 다시마, 김 등의 상품들을 브랜드화 시켜서 사람들에게 인지시킬 수만 있다면, 맛은 이미 보장되어 있기에 지속적으로 잘 팔리게 될 것이다. 그리고 이 식품들을 가공할 생산시설들이 들어와서 강진의 재정과 인프라가 내실 있게 커가게 될 기반을 마련할 수 있게 될 것이다.

또한 현재 청자체험 코스가 강진청자박물관에 마련되어 있지만 문화상품으로 청자 체험을 좀 더 브랜드화 시켜서 강진 청자

체험 코스를 여행 일정에 넣은 테마 여행 상품을 만드는 것도 좋다는 생각이 든다. 체험비를 포함시킨 여행 상품을 만들어서 아름다운 청자나 미니 청자를 직접 만들어서 갖고 갈 수 있도록 하는 것이다. 또는 강진을 들르는 모든 사람들에게 미니 청자 제품을 선물하는 것도 강진의 청자를 알리는 좋은 홍보가 될 것이라고 생각한다.

그리고 현재 김영랑 생가와 생가 위쪽에 존재하고 있는 금서당, 그리고 시문학파 기념관을 함께 묶어서 관광하는 관광 코스가 있는데, 이 관광 코스를 좀 더 개발하여서 김영랑 생가뿐만이 아니라 김영랑 시인의 전시관도 새로 지음으로써 김영랑이라는 현대 시문학 거장의 관광지를 조성하고 관광 코스를 새롭게 만들었으면 좋겠다는 생각이다.

거기에다가 다산초당도 발전시킬 수 있는 방법이 나는 있다고 생각한다. 현재 다산초당은 정약용 선생의 옛 자취를 둘러보는 관광지로써의 기능만 수행하도록 꾸며져 있다. 이 다산초당에 현시대에 꼭 필요한 교육의 가치를 새롭게 부여하여서 아이들의 인성교육에 도움이 되는 새로운 교육의 장으로 열어나간다고 생각해보자. 아마 학생과 학부모들을 비롯하여 더욱더 많은 사람들이 다산초당으로 찾아오게 될 것이라 나는 믿는다.

강진은 『나의 문화유산 답사기』를 쓴 유홍준 저자가 '남한답사

1번지'라고 불렀을 만큼 우리나라의 귀중한 문화와 역사가 보존되어 있는 곳이다. 그리고 이러한 강진의 보물들을 더욱더 훌륭하게 발전시킬 수 있는 여러 가지 방법이 존재하고 있다. 이 보물들을 좀 더 잘 가꾸고 아름답게 만들어서 사람들에게 알릴 수만 있다면 강진은 대한민국 국민을 넘어 해외 사람들에게도 유명한 한국의 필수 여행 코스로 자리 잡을 수 있게 될 것이다.

강진을
사랑하는 마음으로

스포츠 메카 강진

강진은 해남과 더불어 우리나라 최남단 지역 중 하나이다. 덕분에 기후가 매우 따뜻하고 추위가 찾아오는 일이 많지 않다. 내가 서울에 올라와서도 가장 애를 먹은 것은 서울의 혹독한 추위였다. 따뜻한 강진에서 20년 동안 살다 오니 서울의 추위가 도저히 감당이 안 되었던 것이다.

당연한 이야기지만 추운 날씨는 운동을 하기 힘들게 만든다. 에너지 소모가 많을뿐더러 신체가 굳어져 평상시의 컨디션을 발휘할 수도 없고, 또 그런 상태에서 무리하게 운동을 하다 보면 부상의 위험 또한 커지기 때문이다. 운동을 하기 위해선 우선 환경이 좋아야 한다. 그런 의미에서 강진은 예로부터 동계 훈련지의 메카로 각광 받고 있는 곳이었다. 우선 국토 최남단 지역 중 하나이기에 기온이 매우 따뜻하고 온화한 데다가, 강진에는 스포츠 인프라가 많이 자리 잡고 있기 때문이다.

강진종합 운동장, 축구전용경기장, 수영장, 테니스 경기장, 웨이트 트레이닝 시설, 관내 도로, 강진베이스볼 파크, 럭비전용구장, 그 외에 여러 운동을 위한 다른 경기장들과 시설 등 강진에는 스포츠를 위한 많은 시설들이 갖춰져 있다.

또 다른 이유는 동계전지훈련을 오는 선수들을 맞이하는 사람들의 인심이 후하여서 선수들이 모두 강진으로 훈련을 오기 좋아하는 것이 그 이유이기도 하다.

통계에 따르면 2013년 12월 15일부터 2014년 2월 말까지 고등·대학부 동계 스토브리그 축구 80팀, 사이클 50팀, 테니스 10팀, 야구 20팀 등 5개 종목 약 160여 팀, 총인원 약 6천여 명의 선수들이 전지훈련에 돌입할 예정이라고 한다. 또 이로 인하여서 최소 60억 원의 경제적 효과가 발생할 것으로 군은 예측하고 있다.

이외에도 강진군은 적극적인 동계 전지훈련을 유치하기 위하여 각종 대회를 유치 및 신설하여서 선수들이 올 수 있도록 하

스포츠메카 강진에서 동계훈련을 하고있는 사이클팀

고 있다. 전통 있는 대회인 강진 청자배 전국 축구대회는 벌써 11회까지 개최되어서 성공리에 마무리되었고, 제24회 대통령기 종별럭비선수권 대회도 유치하여서 럭비선수들도 강진에 모이게 한 바가 있다. 그 외에도 강진 청자배 전국 야구대회, 국제 사이클 대회, 용인대 총장기 전국 남녀고교 태권도대회, 대통령금배 전국고교 축구대회 등 2013년에 강진은 약 25개의 대회를 유치하여서 성공적인 종합스포츠메카로 떠오르고 있다.

또한 강진군은 하계 전지훈련과 함께 국내 팀뿐만이 아닌 해외 팀도 유치하고 있는 상황이다. 2013년 7월과 8월에는 일본의 오사카와 세돔시 축구, 럭비팀이 강진을 다녀갔고, 중국 중등부 대표팀도 강진에 와서 훈련을 받고 갔다.

이렇듯 적극적인 스포츠 유치를 통하여서 강진군은 2012년 12월 28일 전라남도에서 주관하는 2012년 전지훈련 우수사례 발표에서 우수상을 차지해 인센티브로 1천 7백만 원의 도비 지원을 받기도 했다.

강진군에 따르면 2012년 축구, 럭비, 사이클, 야구 등 총 7개 종목에 171팀, 약 4천 명을 유치해 50억 원의 직간접적인 경제적 파급 효과가 나타났고, 또한 2013년과 2014년 봄까지 약 6천여 명의 선수들이 유치되어서 약 60억 원의 경제적 파급 효과가 나타날 것으로 예측하고 있다. 강진군이 종합 스포츠메카로 떠오르면서 강진군의 지역경제 활성화에도 매우 큰 도움이 되고 있는 것이다.

이는 2005년부터 적극적인 스포츠 마케팅을 구사한 결과가 나타난 것으로 볼 수 있다. 강진군은 2004년까지만 해도 도 단위 체육대회는 물론 전국 규모 체육대회 개최 경험이 전무했던 곳이었다. 현재 갖추어진 스포츠 인프라는 2005년부터 설치하기 시작한 것으로 이때부터 강진군은 지속적으로 스포츠 선수 유치에 힘쓰면서 전지훈련 각광 지역으로 탈바꿈했다.

그렇지만 이런 강진에도 아직 더 노력해야 할 것들이 있다. 우선 국토 최남단 지역의 장점을 내세워 해남도 이제 본격적인 스포츠 인프라를 만들고 스포츠 마케팅을 시작했다는 것이다.

이에 아쉬운 이야기지만 강진군에서 원래 집중적으로 유치하고 있었던 축구선수들이 해남으로 전지훈련을 가는 사태가 발생하였다.

아직 야구나 다른 종목에 있어서는 여전히 강진이 우세하지만, 국제규격에 따른 축구전용 경기구장이 3개나 있고 그 중에 두 경기장이 천연 잔디로 이루어져 있음에도 불구하고 축구선수들이 해남으로 훈련을 떠나는 것은 생각해보아야 할 일이다. 또한 도산 위기에 놓인 강진 베이스볼 파크를 살리는 문제도 반드시 강진군 군민들이 머리를 맞대고 해결해야 하는 문제이다.

이로 인해 어쩌면 조심스러운 이야기지만 해남에게 스포츠 메카 강진으로서의 입지를 빼앗기는 사태가 일어날 수도 있다고 생각한다. 해남과 강진이 서로 간의 상생을 도우면서 동시에 강진에도 운동선수들이 적극적으로 올 수 있도록 만들어야 한다.

그 방법으로는 관광호텔과 숙박업소의 설치가 필수적이라 할 수 있다. 스포츠 인프라와 기초시설이 있음에도 해남으로 사람들이 많이 가는 것은 바로 숙박시설의 부족함 때문이라는 생각이 든다. 아직까지 강진에는 관광호텔이 하나도 없는 실정이다. 하루라도 빨리 호텔과 모텔 급의 숙박시설들을 설치하여서 선수들이 강진에서 먹고 자는 데 불편이 없도록 만들어줘야 한다.

나 또한 현재 송탄에서 운영 중에 있는 송탄 메트로 관광호텔을 강진으로 옮겨서 강진에 하나도 없는 관광호텔을 최초로 지어서 운영토록 하려고 생각 중에 있다. 또한 관광호텔을 성공적으로 경영하고 있는 현재 CEO로서의 경험을 발판 삼아서 강진 내의 다른 숙박시설들에도 좀 더 성공적인 경영 방법과 노하우, 그리고 발전된 숙박 시설 관리 방법 등을 알려줄 것이다.

그 외 강진에는 좀 더 적극적인 스포츠 마케팅 전략이 필요하다고 할 수 있다. 체육계 협회나 연맹, 중·고등학교 축구 연맹과 회장에게도 적극적으로 홍보를 하여 유치를 해야 되는 것은 물론이고 홍보용 잡지도 꾸준히 새롭게 만들어서 여러 체육 연맹에 보내어 강진을 알려야 한다. 훌륭한 시설만이 사람들을 이끄는 가장 중요한 요소인 것은 아니다. 훌륭한 시설만큼 훌륭한 마케팅이 필요한 것을 잊지 말아야 한다.

나는 서울시정구연맹 회장으로서 여러 다른 스포츠 협회장들과 만나기만 하면 항상 강진으로 훈련을 오라고 홍보하고 있다. 언제나 내 마음속 한가운데에는 강진에 대한 뜨거운 사랑이 살아 숨 쉬고 있기 때문이다. 좋은 시설도 중요하지만 때로는 나의 말 한마디가 사람을 움직여서 강진으로 훈련을 오게끔 만들기도 한다.

이처럼 마케팅은 중요하고, 마케팅을 할 수 있는 인간관계가 매우 중요하다고 할 수 있겠다. 나는 앞으로도 강진을 위하여 대한 스포츠 연맹들에게 강진을 널리 알리고 강진이 가진 스포츠 메카로서의 우수성을 퍼뜨릴 것이다.

머무를 수 있는 강진을 만들자

나는 강진에 좀 더 특별한, 강진만의 무언가가 필요하다고 생각한다. 다른 어디에서도 시도하지 못했던 아주 특별하면서도 사람들의 니즈Needs를 파악하여 꿰뚫는 그런 핵심적인 것.

그런 것으로 나는 바로 전원주택 단지 사업이 적절하지 않은가 하는 생각을 조심스레 하고 있다. 강진은 말했다시피 무공해 청정 지역이다. 천혜의 자연을 간직하고 있는 이곳에 전원주택 단지를 조성한다면 많은 사람들이 찾아와 머물 것이라고 생각한다. 아름다운 자연을 보며 휴식을 취하고 싶어 하는 사람들은 점점 늘어나고 있고, 강진은 바로 그런 사람들의 마음을 채워줄 수 있는 곳이다.

물론 그렇다고 해서 무조건 자연을 보호하자는 것은 아니다. 강진에도 산업 기반 시설이 들어와서 발전이 되어야 하는 것은 필수적인 일이다. 하지만 그렇다고 해서 강진의 환경을 오염시키거나 나쁘게 만들어서는 안 된다. 강진의 환경은 그 무엇과도

아름다운 강진의 자연

바꿀 수 없는 강진 제1의 보물이다.

모든 선진국을 보아도 그러하겠지만 산업과 자연은 이제 서로가 융합하여 상생하는 시대가 되었다. 따라서 강진에 산업 인프라가 들어온다고 하여도 자연환경을 해치지 않을 수 있도록 철저한 검사를 거쳐야 하고 환경정화시설을 반드시 설치해야만 한다. 이렇게 했을 때만이 강진은 진정한 발전에 이를 수가 있다. 그리고 이런 산업의 일종으로서 전원주택 단지는 자연 환경을 해치지 않으면서도 지역의 발전을 가져올 수 있는 좋은 아이템이다.

우리나라에서는 최근 도시에서 살다가 다시 농촌으로 돌아오는 귀농 현상이 중장년층을 중심으로 활발히 일어나고 있다. 제

아름다운 강진의 문화

2의 인생. 진정한 자신의 인생이라고 불리는 노년기와 중년기를 자연의 품속에서 보내고 싶어 하는 사람들이 점점 늘어나고 있는 것이다.

직장을 퇴직하고 아이들도 이제 어엿한 성인이 되어 자신의 삶을 꾸려 나가게 되는 50대부터의 삶. 우리는 이것을 인생 2모작 또는 제2의 인생이라 부른다. 아이들을 위해 가장으로서 힘들게 직장을 다니는 아버지도, 한 가정의 지킴이로서 아이들을 양육해야만 하는 어머니도 50대에는 이제 더 이상 없다. 50대부터는 자신이 원하는 삶을, 자신이 꿈꿔왔던 삶을 살 수가 있다.

그런 희망의 삶을 사람들은 대부분 맑고 깨끗한 자연 속에서 보내고 싶어 한다. 심지어 중장년층 중에는 좋은 자연환경을 찾아서 외국으로 떠나 사는 사람들도 적지 않다고 한다. 이런 중장년층들의 마음을 만족시키기에 강진은 최적화된 장소가 아닐 수 없다. 아름다운 자연과 바닷가, 좋은 먹거리 그리고 문화재의 역사와 흔적이 남아 있는 강진은 제2의 인생을 꾸려나가기에 전혀 부족함이 없다.

그러나 단 한 가지 부족한 점이 있다면 바로 숙박 시설이 열악하고 머무를 장소가 없다는 것이다. 이에 전원주택 단지를 조성하여 사람들이 머무를 수만 있게 한다면, 또 이곳에서 남은 인생을 살아갈 수 있도록 만든다면, 도시에서의 빠른 삶에 지쳐 있는 사람들은 강진으로 올 것이라 믿어 의심치 않는다.

또 한 가지 포인트는 주택단지를 지을 때 일본식의 주택단지를 일정 부분 조성하는 것이다. 현재 일본에서는 방사능 공포가 확산되어서 맑고 깨끗한 자연이 있는 곳으로 이사를 가고 싶어 하는 사람들이 늘어나고 있는 추세다. 일본에서는 언론 플레이를 통하여 방사능 공포가 확장되는 것을 막고 있지만 이미 일본 고위층 사람들 사이에서는 다른 나라에 집을 마련하는 것이 유행하고 있을 정도라고 한다.

그렇기에 강진에 일본식의 주택단지를 조성하여서 방사능 공포에 떨고 있는 일본 주민들에게 대대적으로 홍보를 한다면 강진에 머무르게 될 일본인들이 많아질 것으로 생각한다. 그리고 이는 일본인들의 관광 인구 증가로 자연스럽게 이어져서 강진에 관광을 오는 해외 인구 증가로도 이어지게 될 것이라고 난 생각한다.

강진엔 아직 볼 것도, 체험할 것도 많다

강진의 투자개발 유치를 위해서는 관광시설을 좀 더 개발해야 한다. 강진에는 역사적으로 중요하고 또 아름다운 문화 시설이 많음에도 불구하고 그에 비해 열악한 관광 환경 때문에 아직 외국 사람들에게까지 필수 관광 코스로는 알려져 있지 않은 것이 현실이다.

따라서 한시바삐 외국인들이 머무를 수 있는 관광호텔을 만들고 편한 숙박시설과 함께 외국인도 부담 없이 이용할 수 있는 음식점들을 만들어야 한다. 강진 한정식이 유명하므로 우리나라의 불고기, 비빔밥, 김치처럼 한정식을 세계에 널리 알릴 수 있도록 힘써야 할 것이다. 그럼 자연스레 한정식을 먹으러 강진에 오게 될 것이라 생각한다. 또한 현재 가지고 있는 것만이 아닌 새로운 강진의 볼거리를 창출하는 데에도 앞장서야 한다.

나는 강진의 볼거리를 새롭게 창출하기 위하여 김충식 씨

(1889~1953)의 생가를 복원하였으면 좋겠다는 생각을 하고 있다. 강진의 김충식 씨는 아버지에게서 물려받은 논을 전통적인 지주경영방식으로 운영해 오다 1919년 한일합방이 된 이후 ㈜호남은행(1920년), 강진창고금융(1925년), 전남도시제사㈜, 소화전기, 동은농장(1929년), ㈜조선거래소, 금익증권(1940년) 등 다양한 업종에 진출하며 1940년대 들어서는 화신백화점의 박흥식, 광산왕 최창학과 함께 조선의 3대 갑부라는 명칭을 얻게 된 강진의 대갑부이다.

그러나 '강진에서 서울까지 자기 땅만 밟고 갔다'는 말이 있을 정도로 부유했던 김충식 씨의 집은 6·25 직전 공비들에 의해 불타버린 후 지금까지 보수되지 않은 채 흉흉한 모습을 간직하고 있다.

김충식 씨는 그 부를 혼자만 간직하기보다는 강진을 위해 쓰길 원했던 사람이다. 강진의 발전을 위해서 자신의 재력으로 강진농림중학교를 세우고, 강진읍교회 주변에 유치원도 세웠다. 또 탐진강 주변에 호안둑을 쌓아서 농경지를 만들었다. 또한 김충식 씨의 동생인 김후식은 강진에서 3·1운동을 주도한 애국지사였고, 역시 김충식 씨의 동생 김정식 씨도 일본 명치대를 졸업하고는 귀향해서 3·1운동을 함께 주도한 것으로 알려지고 있다.

부자였으면서도 나라를 위해 힘쓸 줄 알았던 조선의 갑부 김충식 씨를 기억하기 위하여 생가를 복원하고 그와 그의 가족들의 기념관을 만든다면 많은 사람들이 찾아와서 볼 수 있는 귀중한 역사 자료가 될 것으로 믿는다. 또 강진에서 뛰어난 인물들을 많이 배출했음을 우리나라와 해외에도 널리 알리는 기회가 되어줄 것이다.

강진에는 멋진 풍경을 지니고 있는 시설물이 있음에도 홍보가 잘 되지 않아서 사람들이 많이 오가지 않는 곳도 있다. 그 중에 대표적인 것이 바로 가우도 출렁다리이다. 강진군 대구면 저두리와 가우도를 잇는 출렁다리는 총 길이 716m의 다리로서 중앙부에 주탑을 중심으로 여러 개의 케이블이 연결되어 다리를 지지해주는 사장교 형태의 다리이다. 다리를 건너며 아름다운 바다를 마음껏 감상할 수 있어 최근에 강진을 다녀온 사람들 사이에선 강진의 관광 필수 코스라고 불리기도 한다.

출렁다리를 건너면 가우도에서 해안선을 따라서 바다를 감상하며 걸을 수 있는 가우도 탐방로가 있다. 가우도 탐방로는 나무 데크로 만들어져 있어 아름다운 모습을 자랑하니 해안선과 파도를 감상하기에 그만이다. 또 가우도 안에는 복합 낚시공원이 있어 강성돔 등 다양한 어종을 잡을 수도 있다.

또한 강진은 자연이 깨끗하여 많은 철새들이 오가는 철새 도

래지이기도 하다. 겨울이 되면 고니, 청둥오리, 도요새, 백두루미 등 다양한 철새가 와서 머물고 가는 지역이니 철새를 보기 위해서도 강진에 반드시 와 보아야 할 것이다. 철새를 관찰할 수 있는 곳은 강진 베이스볼 파크를 가는 길의 강진만 해안 쪽이다.

이처럼 사람들이 잘 알지 못하는 아름다운 강진의 풍경들이 많이 있다. 이러한 관광 자원들을 적극적으로 홍보할 필요성이 있다. 강진의 관광 자원을 알리는 블로거들에게 소정의 상품을 지원하는 방법의 홍보도 괜찮으리라 나는 생각한다. 이러한 강진의 관광 자원들이 대한민국과 세계에 널리 홍보될 수 있도록 머리를 서로 맞대고 방법을 만들어야 할 것이다.

그 밖에 현 군수가 추진하고 있는 강진읍시장 주변에 '강진오감누리타운' 건설계획이 있다. 강진 오감누리타운은 강진 명품상가 복합타운이라는 주제를 가지고 강진읍시장을 문화관광형 시장으로 탈바꿈한다는 계획 아래 추진되고 있는 문화관광 개발 계획이다. 사업비 129억을 투자해 20여 가지의 문화·관광 콘텐츠와 야외 공연장, 공원, 주차장 등 시설을 조성해 내년 6월 방문객을 맞이할 예정이다. 이로 인해서 대도시와 해외의 관광객들이 이제 더욱 몰려올 것으로 기대가 되고 있다. 관광객의 접근성을 높이는 것과 주차공간을 충분히 확보하는 것이 사업의 승패를 결정하게 될 것이다.

그 밖에 병영성의 빠른 복원과 하멜 기념관의 자료를 좀 더 보충하여 풍부하게 만드는 것 그리고 백련사와 동백나무숲, 김영랑 생가, 강진 청자도요지 등 이 귀중한 관광 문화 자원들도 조금만 더 사람들이 재밌게 즐길 수 있도록 콘텐츠를 풍부하게 만든다면 강진은 문화 관광의 도시로 더욱 발전할 수 있을 것이다.

'행복에너지'의 **해피 대한민국** 프로젝트!

〈모교 책 보내기 운동〉

대한민국의 뿌리, 대한민국의 미래 **청소년·청년**들에게 **책**을 보내주세요.

많은 학교의 도서관이 가난해지고 있습니다. 그만큼 많은 학생들의 마음 또한 가난해지고 있습니다. 학교 도서관에는 색이 바래고 찢어진 책들이 나뒹굽니다. 더럽고 먼지만 앉은 책을 과연 누가 읽고 싶어 할까요?

게임과 스마트폰에 중독된 초·중고생들. 입시의 문턱 앞에서 문제집에만 매달리는 고등학생들. 험난한 취업 준비에 책 읽을 시간조차 없는 대학생들. 아무런 꿈도 없이 정해진 길을 따라서만 가는 젊은이들이 과연 대한민국을 이끌 수 있을까요?

한 권의 책은 한 사람의 인생을 바꾸는 힘을 가지고 있습니다. 한 사람의 인생이 바뀌면 한 나라의 국운이 바뀝니다. **저희 행복에너지에서는 베스트셀러와 각종 기관에서 우수도서로 선정된 도서를 중심으로 〈모교 책 보내기 운동〉을 펼치고 있습니다.** 대한민국의 미래, 젊은이들에게 좋은 책을 보내주십시오. 독자 여러분의 자랑스러운 모교에 보내진 한 권의 책은 더 크게 성장할 대한민국의 발판이 될 것입니다.

도서출판 행복에너지를 성원해주시는 독자 여러분의 많은 관심과 참여 부탁드리겠습니다.

도서출판 **행복에너지** 임직원 일동

문의전화 0505-613-6133

오늘도 최고의 날이 되십시오

한범덕 지음 | 264쪽 | 값 15,000원

책 『오늘도 최고의 날이 되십시오』는 한범덕 청주시장이 미래과학연구원 원장 시절 썼던 글들을 모은 과학 교양서이다. 일상 속에서 쉽게 접할 수 있는 전자기기에 관한 과학 상식부터 일반인들이 잘 몰랐던 심도 깊은 과학 이야기까지 다양하게 담고 있다. 많은 독자들이 이 책을 통해 '사람을 꿈꾸게 하고 미래를 여는 과학의 힘'을 느낄 수 있을 것이다.

해뜨는 서산

이완섭 지음 | 368쪽 | 값 15,000원

지자체의 발전에 있어 가장 중요한 것은 자치단체장과 구성원들이 미래 비전을 공유하고 서로 화합하면서 지역의 열세를 극복하겠다는 실천적 의지와 긍정적 자세를 갖추는 것이다. '내일은 내일의 태양이 뜬다!' 이런 긍정의 마음으로 서산에 뜨는 태양을 가장 먼저 서산시민들께 보여주고 싶다. 그 따뜻한 온기와 밝은 광명까지도……. 서산은 해처럼 떠서 새처럼 비상해나갈 것이다.

소리 없는 영웅

최수돈 지음 | 248쪽 | 값 13,500원

『소리 없는 영웅』은 온 힘을 다해 자신의 소임을 다했지만, 역사가 기억하지 못하는 그들의 이야기를 담고 있다. 저자는 이 책을 통해, 역사가 기억하는 위대한 인물의 업적을 말하려는 게 아니다. 그저 주어진 한 시대를 살아간 우리네 아버지의 이야기를 담고자 했다. 그리고 아버지의 모습을 통해 역사의 진정한 영웅은 묵묵히 자신의 자리에서 책임을 다한 아버지였음을 깨닫게 해준다.

마지막 통화는 모두가 "사랑해…"였다

정기환 지음 | 296쪽 | 값 15,000원

글로써 연결되는 인간관계가 역사를 새로이 쓰고 지탱하는 힘이다. 그래서 책 『마지막 통화는 모두가 "사랑해…"였다』는 가치가 있다. 인간다움이 점점 사라지는 현실 속에서도 '사람 냄새' 나는 아날로그적 감성을 고스란히 간직함은 물론 이 시대를 관통하는 함의가, 우리 시대의 생생한 민낯이 이 한 권에 모두 담겨 있기 때문이다.

70대 인생을 재미있고 신나게 사는 이야기

김현 · 조동현 지음 | 268쪽 | 값 13,500원

저자 부부는 70대란 나이는 숫자에 불과하며 자신이 좋아하면서도 타인에게 도움을 줄 수 있는 일에 매진하면 얼마든지 노후를 신나고 재미있게 보낼 수 있다고 전한다. 초고령화사회를 눈앞에 둔 대한민국 사회에 가장 필요한 이야기에 귀 기울여 보자.

성공하는 자녀의 네 가지 비밀

박찬승 지음 | 300쪽 | 값 15,000원

책『성공하는 자녀의 네 가지 비밀』은 자녀들의 성장 가능성과 적성을 가늠해보고, 아이들의 자존감과 자립심을 돕는 방법을 배울 수 있도록 구성되었다. 현재 대전 유성고 교장인 저자가 풍부한 현장 경험을 통해 알아낸 영재 공부 비법과 효율적인 학습법 또한 함께 담겨있다.

나는 오늘도 도전을 꿈꾼다

원유철 지음 | 264쪽 | 값 15,000원

1991년 경기도의회 최연소 의원으로 정계에 입문(28세)했던 원유철 국회의원(현역, 4선)이 전하는 삶의 이야기를 담은 책이다. 허기, 패기, 끈기, 용기라는 네 가지 주제를 중심으로 인생 역정과 정치인으로서의 행보 그리고 국민 모두의 행복한 삶을 위한 비전을 제시한다.

올드맨쏭

이제락 | 264쪽 | 값 13,000원

배우에서 영화감독으로 이제는 작가로! 다양한 재주꾼, 이제락의 첫 소설! 거듭된 이별이 가져다준 상처투성이 삶을 끌어안고 살아가는 한 사내와 그 앞에 음악처럼 운명처럼 찾아온 아이의 감동적인 이야기. "이토록 위대한 만남을 위해 우리들의 이별은 거룩했다."

소리 - 한이 혼을 부르다(전 1~8권)

정상래 지음 | 352쪽 | 값 13,500원

쏟아져 나오는 책은 많지만 읽을거리가 없다고 탄식하는 독자들이 많다. 그렇다면 근대 한국사에 담긴 우리 한恨의 정서에 관심이 있다면, 대하소설의 참맛에 대해 잘 알고 있다면, 정말 제대로 된 작품을 읽어볼 요량이라면 이 소설은 독자를 위한 더할 나위 없는 선물이자 생을 관통할 화두가 되어 줄 것이다.

본국검예 1 조선세법

임성묵 편저 | 560쪽 | 값 48,000원

'조선세법朝鮮勢法'은 단순한 무예서가 아니다. 상고시대 한민족의 신화와 정신문화가 선진문화였음을 밝히는 중요한 사료이다. 조선세법의 전모가 드러나면서 전통무예사의 이론과 철학이 부재한 우리 체육계에 커다란 선물과 숙제가 함께 안겨졌다. 정체성을 잃고 헤매는 우리에게 『본국검예』는 대한민국이 일류국가로 도약할 수 있는 정신적 기둥이 되어주고, 미래를 밝히는 민족혼의 불길을 세울 것이다.

그대 인연을 사랑하라

남달구 지음 | 300쪽 | 값 15,000원

『그대 인연을 사랑하라』는 비록 남달구 기자가 세상에 내놓는 첫 번째 책이지만 안에 담긴 '맛과 멋'은 장인의 솜씨와 열정 그대로이다. 특종과 이슈가 아닌 '가치와 진실'을 찾아 떠나온 삶의 여정. 이 책은 수많은 독자에게 참된 나와 진실한 세상으로 가는 길목의 이정표가 되어줄 것이다.

내 인생의 터닝포인트

김원수 · 박필령 옮김 | 316쪽 | 값 15,000원

이토록 행복하고 멋있게 살아가는 부부가 있을까. 암이 가져다준 고통마저도 삶의 축복으로 승화시키는 애정과 헌신의 힘. 한 명의 보잘것없는 인간이 부부가 됨으로써 위대한 존재가 되어가는 과정. "나의 인생이 즐겁고 아름다운 까닭은 단 하나, 바로 당신. 몇 번을 다시 태어나도 나에겐 오직 당신뿐입니다."

부모를 위한 인문학

노재욱 지음 | 272쪽 | 값 15,000원

한국인성교육학회 이사장 노재욱 박사는 대한민국 근현대 교육사를 몸소 체험하고 지켜봐온 교육전문가이다. 책『부모를 위한 인문학』은 동서양의 모든 종교와 인문학을 두루 섭렵한 저자의 50년 교육 인생과 연구, 강연 활동의 집대성이다. 교육과 관련된 각종 인문학의 핵심 사항을 모아 우리 사회의 실정에 맞춰 어떻게 하면 좋은 부모가 될 수 있는지에 대해 차분한 어법과 쉬운 해설로 제시하고 있다.

하루 7분 기적의 글쓰기

김병규 지음 | 256쪽 | 값 15,000원

내 인생과는 전혀 상관이 없을 것 같았던 일들이 느닷없이 행복 혹은 불행으로 다가온다. 그렇다면 '글쓰기'는 분명 행복에 가까운 쪽일 것이다. 하루 5분은 즐거운 마음으로 이 책을 읽고 2분은 자신만의 유쾌한 글을 쓴다면 말이다.『하루 7분 기적의 글쓰기』의 첫 장을 펼침과 동시에 어제보다 행복해진 오늘을 맞이해 보자.

참 아름다운 동행

김병규 지음 | 256쪽 | 값 15,000원

내 인생과는 전혀 상관이 없을 것 같았던 일들이 느닷없이 행복 혹은 불행으로 다가온다. 그렇다면 '글쓰기'는 분명 행복에 가까운 쪽일 것이다. 하루 5분은 즐거운 마음으로 이 책을 읽고 2분은 자신만의 유쾌한 글을 쓴다면 말이다.『하루 7분 기적의 글쓰기』의 첫 장을 펼침과 동시에 어제보다 행복해진 오늘을 맞이해 보자.

내 아이를 위한 인문학

채성남 지음 | 276쪽 | 값 15,000원

“책을 좋아하고 사람을 사랑하고 자연을 즐기는 아이로 키우세요.” 훌륭한 경영 리더들은 모두 좋은 경영자 이전에 좋은 철학자였다. 자녀를 어질게 키우고 싶다면 부모가 먼저 훌륭한 철학자가 되어야 한다. 동양 최고의 스승 공자에게 마음의 그릇을 키우는 법을 배우고, 스스로 위대한 철학자가 됨을 두려워하지 않는다면 당신은 이미 ‘좋은 부모’다.

소마지성

라사 카파로 지음 · 최광석 옮김 | 368쪽 | 값 25,000원

전 세계에 불어닥친 ‘자가치유’ 열풍은 국내에서도 각계의 주목을 받고 있다. 지난해에는 24년 만에 국내에 정식으로 소개된 『소마틱스』가 많은 독자들의 사랑을 받으며 ‘자가치유’ 열기가 일시적인 유행이 아님을 증명했다. 『소마지성을 깨워라』는 ‘소마틱스 영역의 최신 이론’에 목말랐던 독자들에게 한층 진보된 방법론을 제시한다.

얌마! 너만 공부하냐

김재규 지음 | 280쪽 | 값 15,000원

‘시험 공화국’ 대한민국에서 ‘공부로 성공’하는 법! 최고 합격률, 최다 수험생으로 매일 공무원 학원가의 신화를 새로 쓰는 김재규경찰학원 원장의 번외 강의 ‘정말 미치도록 즐겁게 공부하기’ 자신의 꿈을 향해 나아가는 이 순간, 기왕 해야 할 거, 즐겁게 공부를 하고 싶다면 당장 『얌마! 너만 공부하냐』의 첫 페이지를 펼쳐 보자.

열정은 배신하지 않는다

김의식 지음 · 이준호 엮음 | 272쪽 | 값 15,000원

과연 대한민국의 대학교는 우리 젊은이들에게 지성과 밝은 미래의 산실이 되어 줄 수 있는가? 구태에서 벗어나 현실적이면서도 획기적인 방식으로 학생들을 지도하는 Yes Kim의 강의에 그 답이 있다. 듣는 것만으로도 가슴을 뛰게 하는, 그 열정을 행동으로 이끄는 수업에 귀 기울여 보자.

미국으로 간 허준

유화승 지음 | 304쪽 | 값 15,000원

동양의학 최고 암 전문의 유화승 교수는 ‘암을 정복한다’는 신념 하나만으로 서양 최고의 암센터 엠디앤더슨을 찾는다. 그가 들려주는 이야기는 이 시대, 암으로 고통 받는 모든 환자들에게 한 줄기 희망을 선사한다. 또한 희망만으로 그치는 것이 아닌, 현실로 다가오는 암 정복기가 첫 페이지에서부터 시작된다.

심장이
뛰고
있다면
도전하라

초판 1쇄 발행 2014년 2월 22일

지 은 이 김노진
발 행 인 권선복
편집주간 김정웅
편 집 김호연
디 자 인 김소영
강진사진 강진군 블로그(http://blog.naver.com/gangjingun)
전 자 책 신미경
마 케 팅 서선교
발 행 처 도서출판 행복에너지
출판등록 제315-2011-000035호
주 소 (157-010) 서울특별시 강서구 화곡로 232
전 화 0505-613-6133
팩 스 0303-0799-1560
홈페이지 www.happybook.or.kr
이 메 일 ksbdata@daum.net

값 15,000원

ISBN 979-11-5602-037-0 03810